Appel (

Balthazar

APPEL DE NUIT

First edition. November 7, 2024.

Copyright © 2024 Balthazar.

ISBN: 979-8227631947

Written by Balthazar.

Also by Balthazar

Appel De Nuit

Nico Donotello possède les rues de Vegas, mais il donnerait tout pour elle.

En tant que chef de la mafia italienne, Nico a fort à faire. Il n'a pas le genre de vie qui invite à l'amour. Il y a quelque chose chez Journey qui fait qu'il est impossible de rester à l'écart.

Il fait tout ce qu'il peut pour la protéger tout en faisant d'elle une partie de son monde.

Mais lorsque ses ennemis découvrent que sa femme est sa plus grande faiblesse, ils passent à l'action. Nico devra la sauver, tout en s'assurant que tout le monde connaisse les conséquences d'une tentative de blesser la seule femme qui possédera un jour son cœur.

Chapitre 1

J'aime ma famille, vraiment, vraiment, mais quand il s'agit d'un événement caritatif organisé par maman, nous sommes tous obligés d'y assister. Bon, d'accord, c'est le seul qu'elle organise, et pour une bonne raison. La sœur de
maman
, ma tante Katerina, eh bien, dire que sa vie était dure est un euphémisme. Elle n'a pas trouvé un homme comme mon père, un homme qui travaillait d'arrache-pied, qui aimait sa femme et ses enfants sans condition, un homme pour qui les choses matérielles n'avaient aucune importance. Sa famille sachant qu'elle était aimée et qui nous fournissait un toit au-dessus de la tête et de la nourriture dans le ventre, c'était ce qu'il recherchait. Ne vous méprenez pas ; papa était fier, il avait deux emplois pour que maman puisse rester à la maison avec moi jusqu'à la maternelle, puis elle travaillait à des heures qui correspondaient parfaitement à mon emploi du temps scolaire pendant que papa continuait à travailler, permettant à mon frère, Wylder, d'aller à l'université. Et ils auraient fait la même chose pour moi, sauf que j'ai pris un chemin différent. Ce soir, je vais parler de tante Katerina et de tous ceux qui ont souffert aux mains de quelqu'un d'autre. C'est probablement pourquoi je suis si ému, sachant que cela arrive encore. Même si je ne connaissais pas bien ma tante, je me souviens d'avoir vu ma mère s'effondrer lorsque les policiers ont frappé à notre porte, nous annonçant que le mari de ma tante l'avait tuée. Morte par strangulation. C'était horrible d'apprendre la nouvelle à neuf ans, de voir mon père attraper maman de justesse avant que ses genoux ne touchent le sol. Depuis ce jour, elle s'est portée volontaire au refuge local pour femmes victimes de violences conjugales, m'emmenant avec elle pour lui rendre la pareille. Mes parents ont essayé pendant des années de convaincre tante Katerina de quitter son mari. La seule fois

où elle a fait ses bagages après qu'il ait quitté la ville pour quelques jours lui a coûté la vie. Il est revenu au moment où elle s'y attendait le moins, c'est à ce moment-là qu'il a finalement tout déchargé sur tante Katerina, nous laissant complètement dévastés.

Chaque année, maman organise ce grand gala, demande des milliers de dollars pour un plat, reçoit des dons à foison et organise des enchères à gogo pour aider non seulement les refuges pour femmes locaux, mais aussi de nombreux autres dans tout le Nevada. Cela me laisse toujours un sentiment de lourdeur. Cela me pousse également à vider tout ce que je peux de mon placard qui déborde. C'est pourquoi, à la seconde où j'ai posé les pieds dans mon appartement, mes talons se sont détachés et la fermeture éclair de ma robe s'est arrachée, la laissant dans une flaque de tissu devant la porte d'entrée pour que je puisse la récupérer plus tard. Je suis entrée dans ma chambre, j'ai trouvé un pantalon de jogging bleu marine confortable, je l'ai remonté sur mes hanches, j'ai dégrafé mon soutien-gorge parce que personne n'a besoin d'un appareil de torture quand on en a, j'ai enfilé un débardeur blanc, puis je me suis dirigée vers le placard pour trouver un sweat-shirt. Oui, il fait une chaleur d'enfer à Vegas à cette époque de l'année, mais cela ne veut pas dire que je ne me gèle pas les seins, la climatisation peut être réglée à 26 degrés Celsius ; Cela ne veut pas dire que je n'ai pas froid. C'est ma nature. Si la température est inférieure à celle indiquée par le thermostat chez moi, je m'enveloppe dans plus que ce que je porte actuellement.

J'allume la lumière dans mon placard, sachant qu'il est temps de faire des progrès dans ce désastre de pièce. Personne ne vous dit jamais quand vous êtes une influenceuse sur Instalook que vous aurez plus de vêtements, de chaussures et d'accessoires que vous ne saurez quoi en faire, ou que les heures que vous passez à vous lancer et à continuer dans votre carrière sont ridicules. Je parle de toutes les heures du jour et de la nuit certaines semaines. D'autres, comme celle qui m'attend, sont beaucoup plus faciles. C'est toujours le cas à cette période de l'année.

Ces deux semaines, une semaine avant le gala de charité et après, je garde mon calendrier ouvert, sachant que maman a besoin d'aide pour s'assurer que tout se passe bien, et après parce que, eh bien, parfois, la merde devient lourde.

J'aurais probablement pu choisir un autre domaine, comme la décoration d'intérieur. Mais ce n'était pas le bon choix pour moi. L'idée de changer de décoration intérieure à chaque saison ou selon la dernière tendance me semble ridicule et coûteuse. Non pas que je n'aurais pas donné de vieilles pièces comme je le fais maintenant ; ce n'était tout simplement pas le bon choix. La mode, en revanche, c'est une toute autre histoire. Je commence par des pièces chinées, je trouve des petites boutiques, puis, oui, quelques pièces de luxe que j'aime partager avec mon public ainsi que des articles sur lesquels économiser, c'est tout à fait mon truc, et ça marche.

« Ouais, ça ne peut pas arriver ce soir. » Un seul regard, c'est tout ce qu'il me faut pour me déplacer vers l'îlot central, où je garde mon sweat-shirt éprouvé, je l'attrape et l'enfile par-dessus ma tête, le positionnant jusqu'à ce que je me sente à l'aise avant de sortir de la pièce. « Demain », je me le promets. C'est tellement terrible qu'il y a des chaussures qui jonchent le sol, des vêtements à moitié sur le cintre, à moitié vendus, plus des cartons dont il faut s'occuper. Si je commence tout de suite, je ne finirai pas avant de m'être endormie sur la pile de dons. Quelque chose me dit que baver ne serait pas un facteur important lorsque je donne des vêtements au refuge pour femmes. Au lieu de cela, je me dirige tout droit vers ma salle de bain pour me démaquiller et me brosser les dents. Mon lit m'appelle, mais je ne dormirais pas avec un visage plein, et cela créerait encore plus de nettoyage à faire si cela maculait tous les draps. Il ne me faut pas longtemps pour faire le strict minimum de ma routine de soins de la peau avant de prendre ma brosse à dents, de la fourrer dans ma bouche et de faire les gestes pendant que mes yeux s'alourdissent. Le seul point positif de cette soirée a été que mon frère s'est assuré que nous avions tous un chauffeur de location. Mes cheveux étaient sortis dès que mes fesses ont touché le siège arrière ; j'ai rapidement sorti un élastique à cheveux de mon petit sac à main et j'ai mis mes cheveux en chignon désordonné dans lequel ils sont maintenant.

Je sors de la salle de bain, m'assurant que toutes les lumières sont éteintes pendant que je me dirige vers mon lit, puis je baisse les couvertures, je jette les coussins décoratifs sur le banc que je garde au pied du matelas et je me glisse à l'intérieur, m'enveloppant dans un cocon de couvertures et me blottissant dans l'oreiller à côté de moi. Quelques secondes plus tard, je m'endors comme une baleine.

À tel point que je n'entends pas Nico utiliser sa clé pour ouvrir ma porte, ni le bruit du tissu qui quitte son corps sachant qu'il dort nu. Je ne bouge même pas quand il me bouscule légèrement, me réarrangeant de façon à ce que mon oreille soit sur sa poitrine. C'est quand il dit, "Dors, la vita mia", que je suis suffisamment consciente pour savoir qu'il est ici avec moi. Vous voyez, ce n'est pas parce que Nico est le meilleur ami de mon frère que nous nous faufilons en douce ; c'est parce que ce dans quoi lui et sa famille sont impliqués est sombre et dangereux. Et à sa manière, Nico me protège, mais pas mon cœur.

Chapitre 2

Nico

"Nico", marmonne Journey. Son corps est pressé contre le mien. Elle est collée à moi comme une pieuvre, peau contre peau. La seule façon pour qu'elle dorme de cette façon, c'est que je sois au lit avec elle, et la seule façon pour moi de dormir, c'est que je baisse sa climatisation à soixante-douze à la seconde où je passe la porte. Trois heures plus tard, je me dirigeais vers elle, débarrassant Journey de son sweat-shirt surdimensionné et de son pantalon doublé de polaire, la trouvant délicieusement nue en dessous. Elle savait ce que je voulais, elle est restée immobile comme la femme parfaite qu'elle est quand ma bouche est descendue sur la sienne, ses doigts glissant à travers son humidité alors qu'elle se tenait au bord de la tête de lit sous l'oreiller. J'avais besoin de contrôle, surtout après une nuit à gérer des conneries, puis sachant à quel point c'était dur hier pour la famille Hayes ainsi que pour Journey. Elle était désespérée, essayant de ne pas bouger ses doigts, sachant que dans les rares cas où je la laisserais prendre le dessus, je la sentirais me toucher partout. Ce n'était pas normal la nuit dernière ; elle est restée immobile, la tête renversée en arrière. Lorsque notre baiser s'est terminé, j'ai remplacé mes doigts par ma bite, m'enfonçant en elle lentement, si lentement que ses hanches se sont cambrées. C'est à ce moment-là que mes mains ont pris les joues de sa pêche de cul tandis que les jambes s'enroulaient autour de moi, les chevilles croisées dans le bas de mon dos. Je bougeai mes mains, appuyant sur ses hanches douces et galbées. Le paradis est la seule façon de décrire ce que je ressentais, sentir sa chatte onduler autour de moi, se tenant immobile alors qu'elle essayait de m'aspirer. Mon pouce glissa sur la chair lisse jusqu'à ce qu'il atterrisse sur son clitoris, et elle se détacha avec juste ma longueur entièrement installée en elle tandis que mon pouce bougeait de toutes les bonnes manières qui la faisaient jouir fort et vite. Après avoir arraché ce premier orgasme de son corps, je la travaillai à nouveau. Cette fois, elle m'emmena avec elle, suçant mon sperme directement de mes couilles et peignant ses profondeurs. Putain, je suis un salaud, venant ici au milieu de la nuit, mettant enfin un terme à cette merde avec la famille, disant à mes hommes de partir pour qu'aucun ne sache où je passe mes nuits enveloppé dans tout et n'importe quoi de Journey. J'aurais dû être là avec toute la famille Hayes la nuit dernière. Mais ça n'est pas arrivé. Quand tu viens de reprendre l'entreprise, il n'y a pas de nuit de congé, pas de jours de congé, et ton téléphone n'arrête pas de sonner.

« Journey, je dois prendre cet appel. » J'embrasse le côté de sa tête. Ses yeux s'ouvrent puis se ferment tandis que mes doigts font glisser ses cheveux auburn de son épaule crémeuse avant de relever le drap et la couette pour qu'elle ne meure pas de froid.

« Ok, reviens bientôt. » Elle a à peine dormi quatre heures entre la courte sieste que nous avons faite après que je sois venu la voir, pour la réveiller, faire mes méchancetés avec elle, nous rendormir, puis mon téléphone vibre sur la table de nuit, me réveillant en sursaut.

« Journey. » Je la fixe jusqu'à ce qu'elle me lance ses yeux verts, lui faisant savoir d'un seul regard que la seule chose qui m'empêcherait de remonter dans le lit avec elle serait le travail.

« Va t'occuper de tes affaires, ou je vais prendre une douche et me mettre au travail », taquine-t-elle. Je la regarde se retourner sur le côté, fourrant l'oreiller que j'utilisais sous sa tête. Ouais, c'est vrai, comme si elle allait sortir ses fesses de sous les couvertures pendant que la climatisation souffle de l'air glacial. Et je ne suis pas prêt à tout balancer pour l'instant. Ma matinée est censée être libre - pas de réunions, pas de conneries à régler immédiatement. Mon dimanche matin m'appartient. Même l'église ne m'empêchait pas d'aller à Journey aujourd'hui, et si vous connaissiez ma mère, vous comprendriez la ration de merde qu'elle m'a donnée quand je lui ai dit que je ne serais pas là ou au dîner du dimanche après-midi.

"Lorenzo", je réponds au téléphone, les yeux toujours fixés sur le corps de Journey. Elle se rendort déjà. Ne sachant pas à quoi ressemblera cette conversation ou combien de temps elle va durer, j'attrape mon caleçon par terre où je l'ai laissé tomber la nuit dernière, utilisant mon épaule pour tenir mon téléphone pendant que je le remets sur mon corps, ma bite durcissant rien qu'en pensant à Journey nue sous les draps.

"Patron, on a des problèmes." Ça ne rate jamais. Il y a toujours quelque chose. Il a fallu du temps et de la patience pour transférer le pouvoir d'un Donotello à l'autre. Emilio, mon père, qui le transmettait, c'était du jamais vu vu qu'il était en bonne santé, encore assez jeune aux yeux de la plupart des hommes. Mais il était prêt à le transmettre, et comme je suis le seul fils, l'aîné de notre lignée qui semblait ne lui avoir donné qu'une fille après moi, l'affaire m'est venue. Ce n'était qu'une question de temps avant que Ma dise que c'en était assez, voulant profiter de ses petits-enfants. Un os qu'elle me ronge tous les jours, me disant de m'installer avec Journey et d'avoir mes propres enfants. Tout va bien jusqu'à ce que la merde arrive. Que Journey devienne une cible parce qu'en tant que mon maillon le plus faible, nos ennemis s'en prendront à elle avec une vengeance à laquelle je ne peux même pas penser, c'est ce qui me retient.

« Quand est-ce qu'on ne le fait pas ? » Heureusement que j'ai vite fait de sortir de la chambre de Journey, en fermant la porte jusqu'à ce qu'elle soit à peine entrouverte, parce que quelque chose me dit que je n'aimerai pas ce qu'Enzo a à dire. Il est peut-être mon cousin, mais il est aussi mon bras droit, une sorte de conseiller, qui me tient au courant de ce qui se passe avant que cela n'arrive et quelqu'un avec qui discuter.

« Les Russes s'installent. J'en ai attrapé un en train de vendre de l'héroïne sur le Strip près de chez Wylder. » Petrov se trompe de putain d'arbre. Il a son territoire, et j'ai le mien ; tout le Strip est à nous, acheté et payé de multiples façons : protection, blanchiment d'argent et racket. Nous ne nous ingérons pas dans le domaine de la peau. Si les femmes veulent vendre leur corps, c'est leur prérogative. La drogue, c'est une toute autre histoire. Tu veux de la weed, on n'a aucun problème à en vendre, mais pas aux écoliers, et on ne vend pas de pilules ou quoi que ce soit qui nécessite une veine ou qui rentre dans leur nez.

« Fais venir les hommes. On dirait qu'on a besoin d'une réunion, d'une discussion et de prendre position quand il s'agit de Petrov et de sa bande. » Je connais déjà la raison ; il essaie de voir de quoi je suis fait, si je suis une fille facile ou si j'ai ce qu'il faut comme mon père. Petrov a autre chose à venir s'il pense qu'il va courir après les Donotello. Mon père n'a pas élevé une chatte qui a peur de se battre.

« À quelle heure ? » demande Enzo, sachant que je serai occupé ce matin. À part Wylde et Enzo, pas une seule putain de personne ne sait où je suis, avec qui je suis, et c'est comme ça que j'ai l'intention de garder les choses comme ça.

« Ce soir. Que les gars soient avec leur famiglia. Les hommes qui travaillent aujourd'hui, dis-leur de faire une grande présence. Je ne veux pas que cette merde touche les bars et les clubs. « Les putains de cochons vont arriver dans une seconde », lui dis-je en me dirigeant vers les portes coulissantes en verre qui mènent à une petite véranda où Journey a installé une petite table et des chaises. Beaucoup plus petite que chez moi. Pour elle, c'est parfait. Quand je ne travaille pas pendant quelques heures, je préfère être dans un endroit spacieux et en dehors de la ville, contrairement à l'endroit où se trouve l'appartement de Journey.

« Je le ferai. À plus tard, patron », répond Lorenzo.

« Plus tard. » J'appuie sur le bouton de fin au moment même où deux bras s'enroulent autour de mon ventre par derrière. J'ai entendu les pas légers de Journey lorsqu'elle est sortie de sa chambre, alors j'ai mis fin à cette conversation aussi vite que possible. Ce n'est pas que je ne lui fais pas confiance. Moins elle en sait, mieux c'est, surtout aux yeux de la loi. À moins d'être marié, vous n'avez pratiquement aucune immunité lorsqu'il s'agit d'être assigné à comparaître comme témoin. Croyez-moi, nous avons vu cela se produire plus de fois que je ne voudrais l'admettre au cours de mes années.

« C'est dommage que tu aies mis tes vêtements. Je vais devoir les enlever à nouveau », lui dis-je en jetant mon téléphone sur le canapé. Une de mes mains saisit la sienne tandis qu'elle dépose un baiser sur ma colonne vertébrale.

« Ce n'est pas grave. J'aime la façon dont tu me déshabilles. Tu n'as pas à partir ? » demande-t-elle, habituée à mon emploi du temps de merde.

« Non, tu m'as jusqu'à l'après-midi. » Elle se glisse autour, le visage penché vers le mien, demandant mes lèvres sans dire les mots. Je lui donne ce qu'elle veut. Mes mains se déplacent vers sa taille, et je la soulève jusqu'à ce que ses jambes s'enroulent autour de ma taille, utilisant la porte vitrée et mes cuisses pour la maintenir. Mes lèvres effleurent légèrement les siennes au début jusqu'à ce qu'elle se tortille contre moi, son cœur nu contre ma bite recouverte d'un boxer. Je suppose que j'avais tort quand j'ai supposé qu'elle s'était rhabillée ; elle ne porte que le sweat-shirt surdimensionné, et c'est putain de parfait parce que pendant que je prends sa bouche plus profondément, avalant ses gémissements, je sens son humidité contre moi et je sais que si ma nuit va merder, au moins ma journée va commencer en étant profondément à l'intérieur de Journey.

« Nico. » La douceur de mon nom venant d'elle me fait prendre le contrôle et la faire jouir à nouveau.

Chapitre 3

« Tu te sens mieux ? » Nous sommes dans ma cuisine. Je grignote un bol de céréales, plus croustillantes que de lait, parce que le lait, c'est juste dégoûtant. Le lait est la chose que j'aime le moins, à moins qu'il ne soit dans ma glace ou mes céréales préférées. À part ça, il est mort pour moi. Nico mange quelque chose de complètement différent. Il se sent comme chez lui dans ma cuisine ainsi que dans le reste de mon appartement, c'est son habitude, mais pendant que je préparais mon bol de cette fausse concoction fruitée, il a préparé un bagel, des œufs et des saucisses. Comment peut-il se réveiller prêt pour un repas complet, je n'en ai aucune idée. Il m'a proposé de me préparer exactement la même chose, mais cela ne m'appelait pas, surtout après la nuit dernière. J'ai besoin de nourriture réconfortante sous forme de douceur sucrée.

« Pourquoi ne le serais-je pas ? » Nico a travaillé mon corps une fois au milieu de la nuit, me donnant deux orgasmes et lui-même un avant de nous rendormir avec moi sur le côté, dos à lui, la paume de sa main en coupe entre mes jambes, la tenant là jusqu'à ce que nous déménagions le lendemain matin. Il a une légère courbure sur les lèvres alors qu'il essaie de ne pas sourire alors qu'il est là, une spatule dans une main, le manche de la poêle dans l'autre, figé sur place, l'air diaboliquement beau dans son seul caleçon, qui ne cache pas le renflement dont j'ai profité ce matin. Nico a ce que la plupart identifieraient comme un fétichisme du contrôle. Nous ne classons rien. Il n'aime pas mettre d'étiquette dessus, et moi non plus. Ce qu'il fait dans la chambre, cependant, illumine mon monde, me donnant au plaisir qu'il me distribue, me faisant jouir plusieurs fois chez lui une ou deux fois. Ce n'est pas une mauvaise affaire. Je l'aurais réveillé avec ma bouche, mais la sonnerie de son téléphone a ruiné ces plans. Bon sang, peut-être la prochaine fois. Mes yeux s'attardent sur sa silhouette, sur le style sombre et rasé de ses cheveux. Il n'utilise jamais de produit et ne fait rien de fantaisiste avec. Ça doit être sympa. Certains hommes ont la vie si facile. Ses yeux chocolat noir sont parfaitement encadrés par des cils pour lesquels je donnerais mon bras gauche. Merci, grand-mère Hayes, pour ma peau claire, mes cheveux auburn et mes cils inexistants à moins qu'ils ne soient enduits d'une épaisse couche de mascara. Les lèvres de Nico sont charnues, sa lèvre supérieure et sa mâchoire couvertes d'une barbe de trois jours qu'il aime garder après s'être rasé ; c'est plus qu'une barbe de cinq heures mais toujours moins qu'une barbe complète.

« La vita mia. » Le nom que Nico utilise pour moi, doux et fleuri, est quelque chose qu'il n'utilise pas si souvent à moins qu'il essaie de faire passer son message. Nico attire mon attention alors que je suis encore occupée à le regarder, sa poitrine cette fois, les mots écrits parlant de famille, le cœur conçu avec des fleurs à l'intérieur, l'ange sur le haut de son bras qui descend, créant une manche complète. Sa mère lui fait vivre un enfer, dit une prière à chaque fois qu'il ne porte pas de costume, ce qui n'est pas assez près pour mes yeux. Il a une poitrine musclée mais pas trop au niveau des abdos. Ça lui va, cependant. Mon Dieu, tout va bien pour lui, et chaque fois que je le fais comme ça, pas le chef de la mafia à la Donotello Famiglia, je m'en délecte. Mon téléphone est éteint. Le travail est la dernière chose à laquelle je pense. Je veux chérir le temps que nous avons comme ça, sachant qu'un jour, ce ne sera pas suffisant. J'en voudrai plus. Nico ne pourra pas me donner ça à cause de choses auxquelles je préfère ne pas penser, et je vais devoir le laisser partir.

« Je vais bien. C'est dur, non pas que ce ne soit pas le cas chaque année, mais cette année, ça me semble plus lourd. Je ferai quelque chose de productif plus tard dans la journée pour garder mon esprit occupé. » Maman fait coïncider la date de la soirée de charité avec l'anniversaire de tante Katerina. Même si cela devrait être un moment heureux, cela me rappelle quand même à quel point son dernier jour a été horrible. Cela a probablement à voir avec le fait qu'elle est partie depuis presque vingt ans maintenant. Nous sommes tous plus âgés et sa présence nous manque, comme elle l'a fait dans ces rares occasions où elle pouvait s'échapper sans amener son connard de mari. En général, je m'occupe : je fais du bénévolat au refuge, je fouille dans mon placard, je me vide le cœur. Du moins, c'est ce que j'ai fait l'année dernière avant que toute cette histoire de Nico et Journey ne devienne une habitude. Non pas que nous gardions le secret, parce que nous ne le sommes pas, enfin, pas quand il s'agit de mon frère et de sa fiancée, Celeste.

« Tu veux en parler ? » Oh mon Dieu, ça a dû lui faire mal de demander. Je ris, repousse mon bol et laisse tomber ma cuillère dans le plat en céramique alors qu'un grognement jaillit de l'intérieur de moi, suivi d'un petit rire. « Quoi, tu penses que parce que je suis un homme, je ne peux pas écouter une femme parler de ses sentiments ? Femme, c'est comme si tu n'avais jamais rencontré ma mère et ma sœur. » J'utilise mes pouces sous mes yeux pour essuyer les larmes de mon rire. Il y a une chose chez Nico : ce n'est pas un homme qui parle beaucoup, et pour que les femmes parlent et se défoulent, eh bien, nous avons généralement besoin de quelqu'un pour nous répondre.

« Oh, je les connais ; je te connais aussi, et même si c'est très attentionné, je m'en sortirai, promis. Ce sera juste un de ces jours. » Même si Nico a essayé d'extraire la moindre once d'énergie de mon corps au milieu de la nuit ainsi que plus tôt ce matin, une fois que nous nous sommes réveillés, tout est revenu en force.

« Tu m'appelleras ce soir. Je suis peut-être occupée avec mes affaires, mais je ne suis pas trop occupée pour toi. » Une phrase, c'est tout ce que Nico a à me donner. Ses mots valent mieux que n'importe quelles fleurs, chocolats, soirées dans des restaurants chics. Ce qu'il a dit, ça veut dire plus que tout.

« Je t'appellerai », je réponds, sachant qu'il me disait ce qu'il voulait au lieu de me le demander. Il fait peut-être comme si c'était pour mon bien, mais ce n'est pas le cas. Il le fait parce qu'il s'inquiète pour moi, tout en enlevant une autre couche de son cœur endurci.

« Bien, allons manger. J'ai encore trois heures avant de devoir retourner chez moi pour prendre une douche et me changer avant de devoir me rendre au travail. » Je ne sais pas vraiment pourquoi il n'a pas pris l'habitude d'apporter des vêtements de rechange avec lui quand il vient me voir au milieu de la nuit, même si ce n'est pas quelque chose que je vais lui évoquer pour l'instant non plus.

« Je peux penser à plusieurs choses à faire avec ces heures », je le taquine de manière enjouée. À en juger par les cernes sous ses yeux, je pense que Nico pourrait profiter de quelques heures de sommeil. Peut-être que je peux le convaincre de s'allonger sur le canapé, de regarder la télé sans réfléchir jusqu'à ce qu'il s'endorme. « Mange. Tu vas avoir besoin de ton énergie. » Ou peut-être que je n'y parviendrai pas. Dans tous les

cas, nous en sortirons tous les deux gagnants. J'ai remarqué la tension autour de la bouche de Nico lorsque je l'ai accompagné jusqu'à ma porte. Il s'est arrêté au thermostat mural pour le remonter, à sa température normale que je maintiens, et cela n'est pas passé inaperçu non plus. Le Nico que j'ai eu tôt ce matin et tout au long de la journée est comme un secret bien gardé, ce qui est nul parce qu'un jour, je me lasserai du secret, de ne pas avoir de relation normale avec un homme qui signifie tant pour moi. Il s'est attardé, jetant un œil à sa montre de temps en temps, m'embrassant plus d'une fois, puis a attendu d'entendre le glissement du verrou de sécurité sur la porte de mon appartement avant de me dire à nouveau de l'appeler. Nico Donotello est une sacrée énigme, c'est pourquoi j'ai appelé Delaney pour m'aider. Pas pour parler, car même ça, c'est tabou. Les seules personnes qui étaient en sécurité dans notre cercle pour savoir pour Nico et moi sont mon frère et sa fiancée, Celeste, mes parents, ses parents et sa sœur. Cependant, sa mère a été impressionnée quand il lui a dit que nous étions ensemble, mais pas par le fait que Nico ne me fasse pas sortir ouvertement. Elle était la femme d'un patron jusqu'à ce qu'Emilio remette les rênes de la famille à Nico.

« Garder ou donner ? » demande Delaney depuis son siège sur le sol, où les vêtements sont éparpillés dans tous les sens. Je l'ai appelé dès que Nico est parti, sachant que rester seule jusqu'à tard dans la soirée n'était pas une bonne idée dans ces conditions. J'ai apprécié chaque minute et chaque heure passées avec Nico ici, mais l'idée de rester assise à ne rien faire dans ma propre tête ne m'attirait pas. Heureusement, Delaney est un bijou, n'avait pas de plans et a un penchant pour organiser un placard comme personne. Il y a quelque chose à dire sur le fait d'avoir un meilleur ami gay. C'est le meilleur absolu, et son style est dix fois meilleur que le mien. Si seulement il ne s'était pas lancé tête baissée dans l'immobilier, il aurait pu prendre d'assaut Instalook et probablement gagner autant, voire plus, qu'il ne le fait maintenant.

« Faire un don. » C'est un joli chemisier, de couleur florale avec des touches lumineuses sur le fond crème atténué. Quelqu'un qui retourne au travail et se lève peut certainement l'utiliser plus que moi. « As-tu pensé à un rendez-vous avec Pierre ? » Je peux voir les épaules de Delaney remonter jusqu'à ses oreilles. Le dernier gars avec qui il est sorti a presque rompu l'amitié entre lui et Wylder. Ce type était un vrai connard, ne voulant Delaney que pour ses relations et son argent, pas pour l'homme incroyable qu'il est.

Chapitre 4

« J'y ai pensé, j'ai arpenté les murs en y réfléchissant. J'ai même fouillé dans mon placard pour essayer de déterminer quel costume je porterais. Pour finalement abandonner, parce que et si Pierre et moi nous entendions bien et que nous nous brûlions ? Je ne veux pas perdre mon meilleur ami, et Wylder est ton frère. C'est délicat. Même si je t'aime parce que tu veux que je sois heureuse, je ne pense pas que ce soit une bonne idée ; il y a trop de doigts dans le pot. » Je veux me battre avec lui, mais que pourrais-je dire pour lui faire comprendre que Wylder et moi ne serions jamais en colère contre l'un ou l'autre si Pierre et Delaney ne s'entendaient pas ? Même si je sais avec chaque cellule de mon corps qu'ils le feraient. Monica, la responsable des ressources humaines de mon frère, est d'accord.

« Je comprends, même si je n'aime pas ta réponse. Peut-être que la prochaine fois que nous organiserons un brunch, par exemple, tu pourras au moins te joindre à nous et voir par toi-même à quel point Pierre est beau, et ne me lance pas sur son accent parisien. » Je m'évente en pensant à quel point les accents sont sexy. Cela fait parfaitement sens en partie pour la raison pour laquelle je suis attirée par Nico, puisqu'il en a un lui aussi, et quand il me murmure à l'oreille tout en me pénétrant dans toutes les choses sales qu'il fait à mon corps, ça me bouleverse.

« Je ne serais pas contre ça, mais prends ton temps pour faire les plans. » Delaney tient deux chemises sur des cintres. Ce sont deux hauts basiques, que je porte probablement plus qu'une blogueuse de mode ne devrait le faire, mais quand je ne suis pas sur Instalook, je préfère le confort.

« Continue. Je vais prendre mon temps. Mais pas trop, d'accord ? Tu mérites de trouver le bonheur comme nous tous. Ne laisse pas ce crétin te faire croire que tu ne vaux que ton argent. C'est du pipeau. »

Je me lève de ma place sur le sol. Delaney a fait beaucoup, bien plus que moi, et à ce rythme, nous serons ici bien plus longtemps que ce qu'il avait prévu. C'est peut-être une bonne chose pour moi, mais pas pour lui. «

Je t'aime. Je pourrais dire la même chose de toi, Journey. Nous avons tous les deux tellement d'amour à donner et personne à qui le donner, semble-t-il. » Mes bras s'enroulent autour de mon ami. Il me serre en retour, et je sens le murmure d'un baiser sur le sommet de ma tête. Delaney était au gala de charité hier soir, tout comme beaucoup de nos amis et de notre famille qui sont toujours là pour aider à soutenir la cause en cours.

« Un jour, nous le ferons. Maintenant, prêt à vraiment nous attaquer à ce placard ? Je vais nous commander à dîner vu que nous allons rester ici encore au moins deux heures », murmurai-je dans sa poitrine. Il me serre une dernière fois, puis je m'éloigne. « Mon Dieu, cet endroit est un sacré bazar. Je ne sais même pas pourquoi tu as proposé de m'aider avec ça, mais je suis reconnaissant. »

« Moi non plus, mais si je n'ai pas à cuisiner ou à décider quoi commander, je suis plus que d'accord pour aider, et ça me calmera de vouloir faire ça à toute ma maison. » On pourrait penser qu'avec Delaney étant mon meilleur ami, je lui dirais tout ce qui concerne Nico et moi. Ce n'est pas le cas. Mon estomac est noué, l'acide brûle au fond de ma gorge en sachant que je lui cache ce grand secret même si c'est pour mon bien et le sien. Vous voyez, la famille de Nico a vécu des moments sombres ainsi que des moments lumineux. Dernièrement, depuis qu'il a repris l'entreprise, il s'agit davantage de prouver qu'il peut gérer les choses, sans montrer aucun signe de faiblesse, une faiblesse qu'il a admis être moi.

« Alors je m'occuperai des commandes et de la prise de décision. Tu penses que nous pouvons terminer ça avant que la nourriture n'arrive ? » Je taquine en attrapant mon téléphone sur l'îlot du placard, sachant déjà qu'après un week-end comme celui-ci, c'est la nourriture réconfortante que je recherche sous forme de pizza, le bon fromage au pepperoni et à l'ananas, trempant la croûte dans une sauce au beurre à l'ail avec une salade à côté parce que c'est comme ça que Delaney et moi fonctionnons. Des glucides supplémentaires les jours comme ceux-ci avec un accompagnement sain en plus.

« Cela dépendra de ta capacité à te bouger le cul. » Il rit. C'est plein et je fais la même chose en retour, sans me rendre compte à quel point j'en avais besoin.

Chapitre 5

Nico

Je ne voulais pas quitter Journey, même si j'avais pu passer plus de quelques heures avec elle, comme d'habitude. Aujourd'hui, c'était un événement improbable, passer douze heures de plus avec elle, de quelque façon que ce soit. Je peux encore la goûter sur ma langue. Mes mains sentent encore son corps dans le mien. Peu importe que je sois rentrée chez moi, que je me sois douchée, que je me sois brossé les dents, que j'aie fait tout ce qu'il fallait pour me faire belle pour être là où je suis en ce moment.

« Patron », déclare Enzo après que j'ai franchi la porte au fond de la cuisine où se déroulent nos réunions avec les hommes. Certains partiront d'ici pour travailler à la collecte des taxes, d'autres pour travailler dans les rues, faisant connaître leur présence aux yeux de Petrov et de ses hommes.

« Enzo. » Nous nous serrons la main et nous embrassons, comme je l'ai fait avec les autres hommes qui sont debout, ne s'asseyant pas avant moi, en signe de respect. Beaucoup de ces hommes m'ont vu grandir, sachant que je finirais par prendre la place que j'occupe maintenant. Mon père, tout comme moi, est fils unique. Ce que la plupart ne s'attendaient pas, c'est que je devienne chef à l'âge de trente-neuf ans, alors que mon père était encore en vie. Papa avait largement dépassé la cinquantaine lorsqu'il a pris la relève de mon grand-père, et ce uniquement parce que Nonno a eu une crise cardiaque massive, décédé avant d'arriver à l'hôpital.

« Chef », répond-il. Je hoche la tête en direction d'Enzo, puis en direction des autres hommes, en prenant ma place. La première fois que j'ai pris ma place ici, avec mon père debout à côté de moi, la main sur mon épaule, disant à ses soldats que j'étais désormais le chef, j'étais nerveux. Mais j'ai tenu bon. Je n'aurais jamais pu montrer ce que je ressentais au fond de moi. Je redressai les épaules, fis ce pour quoi j'étais né et j'avais été élevé, et me voilà maintenant.

« Bon, mettons les choses en ordre. Je veux que Petrov s'en aille, pas près d'un côté ou de l'autre du Strip. Je serais heureux que ce connard soit enterré vivant dans le désert, la tête hors du sol, laissant les vautours lui crever les yeux. » C'est peut-être vulgaire, mais c'est la vérité. Je vais encore plus loin. « Continue ton boulot, mais si tu croises Petrov, il doit me être livré vivant. » Je regarde mes hommes, les voyant hocher la tête en signe d'approbation. Quand Petrov s'en prend à moi, il s'en prend aussi à eux, prenant une partie du sommet de leur propre territoire. C'est une situation sans issue, c'est pourquoi nous devons régler cette merde, pronto. La seule chose que je garde pour moi, c'est la partie égoïste de la raison pour laquelle je veux que Petrov soit enterré. Aucun des hommes ne dirait rien ; Ils savent à quel point le con russe est un joker et ce qui pourrait potentiellement mal tourner.

Les hommes commencent à s'agiter à l'idée de verser du sang. Je lève la main, leur disant silencieusement de baisser le ton avant de continuer. La tête d'Enzo se tourne lentement vers moi, attirant mon attention sans parler. Le hochement de tête que nous échangeons me fait savoir qu'il est d'accord avec ça, non pas que je ferais quelque chose de différent, mais comme il est mon bras droit, il vaut mieux que nous travaillions ensemble plutôt que l'un contre l'autre.

« Silence. » Ils écoutent ; leurs murmures s'apaisent instantanément. « La récompense en vaudra la peine. Pour des raisons d'incitation, elle sera de deux cent cinquante mille dollars. » Je me lève et me dirige vers le petit bar que nous avons dans la salle de réunion, ayant besoin d'une bière pour calmer la tempête qui couvait en moi. Vous voyez, Enzo m'a rencontré chez moi après avoir quitté Journey's, il est le seul de mon équipe à savoir où et avec qui je passe mon temps. Ce n'était pas facile à digérer que Petrov ait laissé un message à l'une de nos entreprises à laquelle nous offrons une protection. Le fils de pute courageux est entré dans le bar et a donné un message verbal à un barman. De nous surveiller ainsi que nos femmes et nos enfants. Dans un monde parfait, je pourrais aller voir mon père et lui demander conseil, mais ce n'est pas le cas. J'en entendrai probablement parler plus tard aussi ; c'est lui qui a emmené maman en dehors de la ville, pour rendre visite à sa famille sur la côte amalfitaine. Ils rentreraient à la maison sans problème, mais avec eux là-bas, ma sœur et son clan qui les suivent, c'est mieux de ne pas le faire. Mon seul objectif sera de faire en sorte que les choses aillent bien pour tout le monde, mais surtout pour Journey et moi.

« Avant de devenir avide d'argent, soyez malin. Gardez les yeux fixés sur le prix, mais surveillez aussi vos arrières et n'oubliez pas que vous avez encore du travail à faire à la fin de la journée. » Je me retourne du bar, une main dans ma poche, serrée en poing car je suis incapable de montrer la moindre émotion, la colère ou l'inquiétude. Pas quand on est le chef de la mafia Donotello. Mon autre main tient la bouteille de bière sans serrer. J'essaie de ne pas prendre une longue gorgée, de l'engloutir en un temps record, ce que je ferai dès que la salle sera vide.

« Oui, patron », répondent quelques hommes. Certains hochent la tête en signe de respect. Un homme en particulier, plus jeune, un bagarreur en quelque sorte, et un homme qui montre sa valeur, même si j'étais d'abord réticente à l'idée de l'amener à l'âge de vingt et un ans avec peu ou pas de liens de sang. J'ai vu quelque chose en lui, et Enzo aussi, c'est pourquoi il est ici maintenant.

« Tu peux partir ou rester et boire un verre. Dans tous les cas, tu es libéré », dis-je, m'autorisant enfin à me livrer à ma bière. Pas tout à fait la gorgée que je prendrais chez moi dans le confort de mon bureau. Si j'étais là, quelque chose de beaucoup plus fort serait consommé. Au lieu de cela, je suis ici, attendant que la pièce se vide pour avoir une autre conversation avec Enzo et ensuite comprendre pourquoi diable Journey ne m'a pas appelé comme je lui ai dit de le faire.

« Enzo, je dois passer un coup de fil », lui dis-je lorsqu'il est suffisamment près de moi sans que personne d'autre ne puisse entendre notre conversation. En général, je ne suis pas très catégorique sur le fait qu'elle m'appelle, sachant que ce qui fonctionne quand on est au lit ensemble ne fonctionne pas toujours en dehors de la chambre. Et elle me le montre clairement en ne m'appelant pas. On dirait que c'est moi qui utiliserai le téléphone ce soir.

« Vas-y. Je te ferai savoir si l'un des hommes a besoin de toi. » J'acquiesce à sa déclaration et me dirige vers l'arrière où j'ai un bureau, petit mais assez pour se casser la tête en cas de besoin, et passer un putain d'appel téléphonique important.

Chapitre 6

Voyage

Le placard est enfin nettoyé et organisé ; cela nous a pris des heures, à Delaney et moi. Vraiment, j'ai tout passé en revue. Mon meilleur ami, cependant, s'est attaqué à cela avec rapidité. Je parle de couleurs coordonnées, de manches courtes à manches longues, chaque article étant méticuleusement catégorisé. Alors, tout en mangeant notre pizza et notre salade, en buvant plus d'une bouteille de vin avec mon meilleur ami, j'ai réalisé que cela m'aidait. Cela m'a apaisée plus que je ne l'aurais cru. Habituellement, il faut une bonne semaine pour rebondir après le gala de charité. Heureusement, mon meilleur ami s'en est sorti, et même si j'étais censé appeler Nico, eh bien, disons simplement que cela n'est pas arrivé.

Au lieu de cela, Delaney a commandé une voiture quand il était enfin temps d'aller se coucher, nous avons tous les deux ri pendant qu'il acceptait enfin de rencontrer Pierre tant que je serai là quand cela se produira. Ce qui signifie que j'appellerai Monica dès demain matin et que nous ferons notre magie pour sécuriser Pierre aussi. Des hommes têtus que nous aimons et adorons tant. "En parlant de ça, je dois appeler un certain homme qui, je n'en doute pas, me punira de la meilleure des manières possibles si je ne le fais pas", dis-je à l'appartement maintenant vide pendant que je m'occupe des boîtes de nourriture vides après avoir mis les restes de pizza dans un sac Ziplock réutilisable. Merci, expédition en deux jours pour me garder sous contrôle tout en nourrissant mon addiction aux achats en ligne. La salade ne prend pas autant de place dans le réfrigérateur, alors je ferme simplement le couvercle et la fourre dans le réfrigérateur à côté des autres restes.

"Maintenant, où est mon téléphone ?" Mes yeux se tournent vers le salon, mais je ne le vois pas sur la table basse. Non, les seules choses posées sur le dessus du bois massif sont deux verres à vin vides et non pas une ou deux bouteilles de vin, mais trois. Demain, ça va être un vrai cauchemar si je ne prends pas d'eau, d'analgésiques et de sommeil.

Autant j'en ai envie, autant le besoin d'appeler Nico me consume encore plus. Alors que j'éteins les lumières dans tout mon condo, laissant le désordre à nettoyer demain, je me souviens que mon téléphone est toujours dans mon placard, là où je l'ai laissé sur l'îlot. D'un pas enjoué, je saute pratiquement en sachant que je parlerai à Nico tôt ou tard, et peut-être que je pourrai le convaincre de venir même si cela se produit pendant que je dors à nouveau.

« Merde. » Je suis dans mon placard en un rien de temps. Cet endroit n'est pas aussi grand que celui de Nico, mais il est de la taille parfaite pour ce dont j'ai besoin. Je prends mon téléphone, la moitié inférieure de mon corps appuyée sur l'îlot, et je vois qu'il y a plus d'un appel manqué de Nico. Il est maintenant presque minuit.

« Journey, tu sais à quel point je me fais du souci pour toi ? » Nico répond au téléphone avec du feu dans la voix, et je n'ai pas honte de dire que mes cuisses se crispent, me rappelant cette voix quand nous sommes au lit ensemble.

« Nico, j'ai perdu la notion du temps. Delaney est venu et, eh bien, le nettoyage de mon placard a commencé, et le vin est arrivé. » Nico pense probablement au pire. Eh bien, me voilà, à parler des choses les plus banales qui soient.

« Putain, cazzo di cristo. » Putain de Christ, dit-il en italien. Si sa mère l'entendait en ce moment, elle l'attraperait par l'oreille et le traînerait dans la cuisine pour lui mettre du savon dans la bouche, puis elle lui demanderait de dire cent Je vous salue Marie. Comment est-ce que je sais tout ça ? Eh bien, pour commencer, Nico garde généralement ces mots pour quand nous sommes au lit, son corps dévorant le mien.

« Je suis désolé, Nico, vraiment », j'avoue, espérant le calmer d'une manière ou d'une autre. Quoi qu'il se passe ces derniers temps, ce n'est pas bon. Il n'a pas dit un mot, mais il n'en a pas besoin. La façon dont il s'inquiète en ce moment, plus les cinq appels manqués sur mon téléphone alors qu'en temps normal il n'y en aurait qu'un et peut-être un SMS. Quelque chose se prépare définitivement, et pas dans le bon sens.

« Ce sera ton cul, Journey, crois-moi. La prochaine fois que je serai chez toi ou que tu seras chez moi, je t'attacherai les poignets dans le bas du dos, ton corps sera sur mes cuisses, complètement nu pour moi, et ton cul sera mien de plus d'une façon », gémit-il à l'autre bout du fil. Je suis presque sûre qu'il essayait de faire passer ça pour une menace. Dommage pour lui, ça n'a pas marché, me laissant toute mouillée entre les jambes.

« Nico, si tu essaies de me faire jouir rien qu'avec tes mots, tu t'en sors très bien », je détends l'ambiance, même si Nico ne mord pas à l'hameçon. Il y a un silence à l'autre bout du fil. On pourrait littéralement entendre une mouche voler, et en ce qui concerne sa respiration, c'est comme s'il avait raccroché ou quelque chose comme ça. J'éloigne le téléphone de mon oreille, regardant l'écran avant de le replacer, "Nico ?" "

Je suis là. Tu as de la chance que le travail me consomme, sinon je laisserais tomber tout ce que je fais et travaillerais ton corps jusqu'à ce que tu sois couvert de sueur, que ton corps tremble, que tes fesses se soulèvent, suppliant que ma main touche davantage ta peau." Je transfère mon poids d'un pied sur l'autre.

"Nico." Mes yeux se ferment alors que je l'imagine faire exactement ce qu'il promet. La seule chose que j'ignore, c'est comment il me placerait sur ses genoux. Avec mes doigts effleurant le sol, ou Nico serait-il nu dans une position presque de cowgirl inversée, mon corps ouvert à sa longueur tandis que la paume de ses mains pleuvait sur la courbe de mes fesses ?

« Putain, tu aimerais ça, pas vrai, Journey. Ça va arriver dès que je pourrai avoir une autre journée comme aujourd'hui. Nous deux, personne ne m'embête avec le travail, juste toi et moi. » S'il pense un seul instant que je ne prendrai pas soin de moi dès la fin de cette conversation, il aura tort. La douche, mes doigts et mon imagination vont très certainement se produire.

« J'ai hâte que ce jour arrive », je réponds. Tôt ce matin, c'était comme un rêve. J'ai eu le Nico que je connais et que j'aime, pas le dur à cuire.

« Moi non plus. Maintenant, dis-moi, est-ce que tu vas bien, vraiment ? » Il change de sujet presque un peu trop brusquement à mon goût, et s'il n'avait pas de bonnes intentions, je le lui ferais remarquer. Ce n'est pas le cas ce soir, cependant.

« Je le fais. T'avoir ici la plupart de la journée m'a vraiment aidé. Ajoute un peu de purge de mon système, une bonne compagnie sous la forme de Delaney avec des glucides et du vin, et je vais mieux. Beaucoup de choses, en fait. Aujourd'hui a été une bonne journée. » Il n'y a qu'une seule chose qui pourrait rendre cette journée incroyable. Mais je ne vais pas mettre ça sur le dos de Nico, pas avec le travail qui l'oblige à s'absenter pendant les nuits.

« D'accord, tu m'appelleras si quelque chose change ? » Sa voix devient plus grave, son côté autoritaire transparaît.

« Je le ferai, et cette fois, j'aurai mon téléphone juste à côté de moi, au cas où tu rappellerais. » Je regarde une fois de plus mon placard. Les sacs de vêtements à donner occupent la moitié de l'espace au sol. Le refuge pour femmes sera heureux lorsque je déposerai les vêtements. Un sourire prend le dessus, me faisant me sentir un peu en paix après les événements qui se sont produits.

« Dors un peu. Je viendrai te voir plus tard. » Il ne me dit pas s'il viendra ce soir, et j'essaie de ne pas me faire d'illusions.

« Bonne nuit, Nico, à bientôt. » J'attends que la ligne soit coupée avant qu'il soit temps pour moi de me préparer pour aller au lit, espérant secrètement que je me réveillerai avec le corps de Nico pressé contre le mien une fois de plus.

Chapitre 7

Nico

J'avais les meilleures intentions du monde de quitter le bureau du restaurant et de passer chez moi pour prendre des vêtements afin de pouvoir gagner du temps le matin en évitant de devoir retourner avant de commencer ma journée. Bien sûr, les choses ne se passeraient pas comme prévu. Il semble que ce ne soit pas le cas pour beaucoup de choses dans ma vie professionnelle ou personnelle, et j'en ai vraiment marre.

Enzo est arrivée peu de temps après que j'ai raccroché avec Journey, essayant toujours de maîtriser mon appréhension et mon inquiétude en pensant au pire quand elle ne répondait pas. Il m'a fallu beaucoup plus de temps que jamais pour la joindre. J'ai presque appelé Wylder pour lui dire de venir chez elle tout de suite, vu qu'il était plus proche d'elle que moi. Quand elle m'a finalement rappelé, j'ai pris ma première grande inspiration depuis mon arrivée hier soir. Cela m'amène à maintenant, assis dans le bureau de Wylde en attendant qu'il fasse sa grande apparition. Beaucoup de choses ont changé depuis que Celeste est entrée dans sa vie, et pour le mieux. Le bourreau de travail a ralenti, a confié plus de travail à ses employés. Il me semble qu'il apprécie aussi sa matinée, à en juger par le fait qu'il est onze heures du matin et que notre rendez-vous était prévu pour dix heures et demie.

« Je dirais que je suis désolé d'être en retard, mais nous savons tous les deux que ce ne serait pas la vérité. » Wylde entre par la porte qui donne sur son bureau, un appartement qu'il a fait construire pendant les rénovations de son hôtel. La Donotello Famiglia l'a peut-être aidé financièrement, mais c'est tout ce que nous avons fait. Wylder, un homme qui est mon meilleur ami depuis des années, a fait le reste.

« Je suppose que Celeste va sortir ensuite. Dois-je quitter la pièce ? » je demande, ne sachant pas dans quel état Wylde l'a laissée tout en ne voulant pas l'embarrasser.

— Elle le fera, et non, tu n'es pas obligé de faire ça. Celeste était là quand tu as téléphoné à sept heures ce matin pour demander un rendez-vous. De toute évidence, tu n'étais pas avec ma sœur, sinon elle t'aurait frappé avec quelque chose de lourd en te réveillant si tôt. Wylder était inquiet quand Journey est entré en trombe dans son bureau un jour pendant que j'étais là, déclarant qu'elle se fichait complètement de ce qu'il avait à dire sur notre relation, qu'il devrait s'en occuper. Ce que Journey a raté, c'est que je lui avais déjà dit qu'elle et moi nous voyions, alors que je savais que les choses étaient hostiles au sein de la famiglia et que nous devions garder le silence pour le moment. Wylder avait la mâchoire serrée. Je l'ai laissé s'asseoir et ruminer sur ce que je venais de lui dire au téléphone. Je n'ai pas dit un mot. C'était techniquement une formalité – ses parents, mes parents, ils le savaient déjà. Il était mon dernier arrêt. Bien sûr, cela aurait pu briser notre amitié, et il me connaissait suffisamment pour savoir que les affaires sont les affaires, l'amitié est l'amitié, et qu'ils resteraient séparés tous les deux. Wylder était en train de se calmer quand Journey a franchi la porte, Aphrodite à l'époque moderne, ses cheveux auburn flottant derrière elle tandis qu'elle se pavanait dans le bureau, la robe enroulée autour de son corps ne faisant rien pour cacher les courbes sur lesquelles je m'étais emparée. J'ai dû rire. Quand Journey aime, elle aime de tout son cœur, presque trop, au point que quelques amis ont trahi leur relation en l'utilisant comme tremplin. Au moment où Journey a dit à son frère comment les choses allaient se passer, en utilisant les mots : « Ce n'est pas parce que tu es plus âgée que moi que tu peux dicter qui je vois et avec qui je veux être. Je ne suis pas celle qui a travaillé toute sa vie. Si tu ne peux pas voir à quel point Nico est incroyable, alors tu es aussi aveugle qu'une chauve-souris. » Sa poitrine se soulevait, elle faisait des choses à ses seins auxquelles je ne pouvais même pas penser avec son frère dans la même pièce. C'était le feu dans ses yeux, le ton de sa voix, qui me disaient qu'elle était amoureuse de moi, même si notre relation ne durait que depuis quelques mois. « Est-ce que tu dors encore ? » Wylder termine sa phrase.

« Dernièrement, pas beaucoup. Quelques heures par-ci par-là. C'est en partie pour ça que je suis ici. La situation empire. Tu sais que je ne peux pas entrer dans les détails, mais ce que j'ai à te dire va probablement t'énerver, comme ça m'a fait quand Enzo en a parlé. Assez pour qu'il ait maintenant le nez cassé. » Ce n'est pas mon meilleur moment en tant que patron. Enzo sait que Journey est mon maillon le plus faible, à part ma sœur et ma mère. C'est probablement pour ça qu'il l'a suggéré. Cela ne veut pas dire que je dois l'aimer ou que je serai d'accord, pas avant d'en avoir parlé avec Wylde. Je ne le ferai toujours que si Journey est d'accord.

« Putain, tu as frappé Enzo ? Cette merde doit être mauvaise. » Il n'a pas tort. Il m'a fallu toute la nuit pour me défouler, et même là, ça n'a pas désamorcé la situation, peu importe le nombre de poids que je soulevais ou le nombre de courses que je faisais sur le tapis roulant de ma salle de sport privée à domicile. Je me calmais, arrêtais d'y penser, puis je repassais l'idée d'Enzo dans ma tête, ce qui m'énervait encore une fois.

« Tu n'as aucune idée. » L'idée de perdre des jours et des nuits avec Journey m'a fait tourner en bourrique. Il y a une raison pour laquelle je l'ai gardée sous clé, interdisant à quiconque de nous voir ensemble en public. Ce n'est pas parce que je suis un connard, même si je suis sûr qu'elle n'est pas d'accord avec cette affirmation. La vérité, c'est qu'elle est ma pire chute. Des adversaires pourraient me faire tomber en une minute s'ils menaçaient de la blesser. Je m'agenouillerais volontiers, je laisserais tomber les armes que je porte avec moi à tout moment si cela signifiait qu'aucun mal ne lui arriverait.

« Il n'y a pas de meilleur moment que le présent », répond Wylder. Je jure devant Dieu, si je suis du côté de la cible du poing des frères de Journey, la merde va mal tourner.

« Hé, Nico. » Celeste entre à ce moment-là, sans avoir l'air du tout troublée, contrairement à Wylde, qui n'essayait pas de cacher sa démarche orgueilleuse plus tôt.

« Bonjour », répondis-je. Je me lève juste au moment où elle se dirige vers Wylde. Ils font leurs adieux habituels, prenant quelques minutes, et je ne veux pas les déranger ou les regarder le faire. J'ai peut-être des fétiches pour le kink, mais voir ces deux-là ensemble n'en fait pas partie. De plus, quelque chose me dit que je pourrais utiliser une petite boule de bourbon pour terminer la conversation que nous sommes sur le point d'avoir.

Chapitre 8

Voyage

Je me suis réveillée avec le froid. Cela aurait dû être mon premier indice sachant que même si j'avais espéré que Nico vienne la nuit dernière, il n'est pas venu. C'était égoïste de demander, c'est pourquoi je ne l'ai pas fait. Il travaille jour et nuit, et toutes les heures entre les deux. S'il ne fait pas attention, il finira sa vie prématurément. Cette pensée me serre la poitrine, me fait grincer des dents, et maintenant c'est moi qui suis aussi inquiète que Nico.

J'ai trop de choses à faire aujourd'hui. La première chose à faire est certainement de trimballer tous les sacs de vêtements jusqu'à ma voiture. Connaissant ma chance, tout ne rentrera pas, et je vais faire deux voyages. Je sors du lit et vérifie mon téléphone que j'ai gardé sur ma table de nuit toute la nuit avec le son activé, ce que je déteste le plus faire, mais j'ai fait une promesse, et il y a une chose dont je ne serai jamais accusée : en avoir rompu une. Il n'y a pas d'alertes, pas de SMS, ni d'appels manqués. Il m'arrive de dormir pendant un appel téléphonique dans de rares cas, et après avoir trop bu de vin hier soir, j'ai dormi comme une souche. Je parle de mes yeux difficiles à ouvrir, troubles de l'élocution, de la bave séchée sur mon visage, et le sweat-shirt surdimensionné et le bas de pyjama que je porte ont une apparence vraiment désordonnée lorsque je me regarde après être entrée dans la salle de bain.

« Jésus, Journey. La prochaine fois, connais tes limites », dis-je au miroir une fois arrivée, plissant les yeux face à la lumière vive de la pièce. Mes cheveux sont en chignon désordonné, sauf que la plupart sont détachés et sur le côté, comme dans les années 80, et ma frange rideau normalement mignonne, oui, elle se dresse tout droit. Cela ressemble à un film des années 90, celui où elle pense que c'est du gel mais c'est tout sauf ça. Ben Stiller et Cameron Diaz ont assuré ce film, même si j'étais trop jeune pour le regarder. Merci, grand frère. Maman s'en est bien sortie. Papa a juste ri et a dit que c'était mieux que de le regarder avec un autre idiot ou un garçon.

Je fais ma routine matinale, me lave le visage, me brosse les dents, démarre la douche, tentée de pousser la climatisation à un niveau supérieur, vu que je dois également ajouter le lavage de mes cheveux à la liste. Cette pensée est interrompue lorsque mon téléphone se met à sonner dans l'autre pièce. Je consulte mentalement mon agenda en me demandant si j'ai une réunion de marque ou peut-être une avec mon manager, mais rien ne me dit rien. Apparemment, cela signifie que je dois aller vite. Je propulse mon corps comme si je courais un marathon, sauf que je ne tourne pas à plein régime. Il existe une petite chose appelée café qui est le nectar des dieux à tous égards, une nécessité pour moi dans tous les domaines de la vie quand il s'agit de se lever le matin. Peu importe que je n'en boive que quelques gorgées ou que son arôme imprègne l'air. Littéralement, c'est tout ce qu'il faut. Alors, alors que je suis au hasard dans mon trajet rapide de ma salle de bain à mon lit, j'atterris sans être une dame, le ventre en premier, je tends la main vers mon téléphone, j'appuie sur le bouton vert pour répondre à l'appel quand je réalise que c'est Nico.

« Bonjour », répondis-je, essoufflée par l'escapade que j'ai vécue pour arriver au téléphone avant qu'il ne cesse de sonner. L'excitation se répand dans mon corps, alors qu'elle était sporadique ces derniers mois. Je comprenais le raisonnement qui se cachait derrière tout ça. Cela ne voulait pas dire que j'aimais être classée dans une catégorie où Nico serait un appelant tard le soir, que ce soit sous la forme d'entendre sa voix à l'autre bout du fil, de me réveiller avec mon portable m'avertissant d'un message, ou mon moment préféré absolu est quand il utilise sa clé et se glisse dans le lit avec moi.

« La vita mia », répond Nico, d'une voix profonde, gutturale et sombrement délicieuse. Un frisson se fraie un chemin à travers mon système nerveux.

« Nico », répondis-je en me détendant davantage dans les draps en désordre sous moi, en bougeant jusqu'à me blottir sous les couvertures pour conjurer le froid qui s'infiltre d'une manière ou d'une autre jusqu'à mes os. La façon dont sa voix prononce ces trois mots suffit à me faire sentir comme une jeune écolière qui s'évanouit devant son premier béguin. Vous savez, quand le gars vous lance ce regard où vous vous montrez du doigt, en regardant par-dessus son épaule pour vous assurer que ledit gars ne regarde pas quelqu'un derrière vous.

« Putain, Journey, tu es au lit en ce moment, n'est-ce pas ? » Il a l'air d'être nu au lit, les doigts entre les jambes, avec le ton de baryton de sa voix. Évidemment, ce n'est pas le cas, mais qui suis-je pour le laisser penser le contraire ? De plus, ce n'est pas tous les jours que je reçois un appel matinal, alors je vais en profiter au maximum.

« Je le suis, et toi, où es-tu ? Assis dans ton bureau en pantalon de costume, chemise ouverte au col, manches retroussées jusqu'aux avant-bras ? » Je demande, en le visualisant plus que je ne voudrais l'admettre. Ce regard de Nico est mon préféré.

« J'aimerais bien. Je suis en route pour la prochaine réunion avant de pouvoir, je l'espère, dormir quelques heures. Tu as cette semaine de congé, n'est-ce pas ? » Je peux sentir les plis dans le pli de mon front, me demandant pourquoi il a besoin de dormir alors que ce n'est que maintenant matin, à moins que Nico n'ait encore travaillé toute la nuit.

« C'est le plan. Je vais voir si maman ou papa accepteraient de m'aider en déposant les vingt sacs de vêtements au centre pour femmes. « Il n'y a aucune chance qu'ils rentrent tous dans ma voiture, à moins que je veuille faire quatre ou cinq voyages », dis-je sans but précis alors que je suis sûre que Nico appelle pour une raison.

« Je demanderai à Enzo de trouver un homme pour les transporter jusqu'à mon SUV ce soir quand je viendrai te chercher. » Je me retourne sur le dos. Ma journée s'annonce plus radieuse de minute en minute.

« Ok, ça ne me pose aucun problème, mais tu es terriblement vague, Nico. Est-ce qu'il y a quelque chose que tu ne me dis pas ? Comme si tu n'étais pas ce que tu es, nous ne sommes pas censés être dehors ? Ton SUV garé devant mon appartement au milieu de la nuit et qui part à des heures aléatoires ne fera pas sonner l'alarme chez les autres, mais ça, c'est possible. »

« Je m'en suis occupé. Il y a une raison derrière tout, crois-moi. » Nico sait que je le fais, implicitement, sinon je ne serais pas celle qui est dans l'ombre ces derniers mois, lui agissant comme un appel de fin de soirée qui ne vient me voir qu'au milieu de la nuit ou moi qui vais chez lui quand il fait sombre dehors, pour devoir partir aux premières heures du matin. Ce qui n'est arrivé qu'une ou deux fois. Il n'a peut-être besoin que d'une heure ou deux de sommeil ; on ne peut pas en dire autant de moi.

« Alors je suppose que je te verrai plus tard ? » je m'interroge, puisqu'il va garder les choses mystérieuses pour le moment.

« Tu le feras. J'appellerai quand Enzo sera en route. J'aimerais que ce soit moi qui vienne te chercher, mais j'ai d'autres rendez-vous à régler. Bientôt, Journey, ce sera moi, cependant. » Il semble que Nico ait plus de choses dans sa manche que je ne le pense. J'espère seulement que ce sera une bonne nouvelle pour nous deux.

« Nico, tu peux appeler, mais il serait bien de savoir quand tu seras prêt aussi. » Je ne suis pas sarcastique. Il sait mieux que ça, ayant grandi avec une mère et une sœur. Ce n'est pas comme si nous étions du genre à être prêts dans les cinq minutes.

Cette fois, c'est Nico qui rit au téléphone. L'agacement qui couvait à la surface disparaît. Je n'ai jamais pu rester en colère contre quelqu'un, ni contre mon frère quand il chassait les garçons, ni contre notre père, qui me punissait quand j'essayais de me faufiler après le couvre-feu, ni contre Delaney quand je sais qu'il est de mauvaise humeur. Une blague, un sourire ou un rire, et tout semble aller bien. Je ne suis pas rancunière.

« Peux-tu être prête à quatre heures ? »

« Oui, non pas que tu me dises ce qui se passe vraiment, mais je serai prête. Je ne sais pas quoi porter. » À vrai dire, vu la façon dont Nico s'épuise, je suis choquée qu'il soit capable de trouver du temps pour autre chose que le travail.

« Je t'emmènerai de toutes les manières possibles, de préférence nue. » Je l'imagine au volant. Contrairement à son père, il préfère conduire. Un de ses poignets pendu au-dessus du volant, parcourant les rues animées du Strip de Las Vegas avec aisance et confiance comme il le fait pour tout le reste. Je sais à quoi ressemble son visage lorsqu'il se glisse en moi, les yeux rivés sur les miens, les dents mordant sa lèvre inférieure, et vu la façon dont il parle, j'imagine que c'est exactement ce qui est écrit sur le visage de Nico en ce moment.

« Cela peut être arrangé. Je ne porterai rien d'autre qu'un trench-coat pour t'accueillir », je lui réponds en plaisantant, déjà de meilleure humeur.

« Fais ça, ton cul saura très vite ce que je ressens. L'orgasme que tu voudras sera refusé, et on ne discutera pas d'un seul putain de truc parce qu'une fois que ce sera fini, je vais te prendre pendant des heures. » Mes cuisses se serrent, et je peux sentir l'humidité que ses mots provoquent. « Et, Journey, autant que je le veuille, à en juger par le petit miaulement doux que tu laisses échapper, ça ne peut pas arriver, pas encore du moins. On se voit cet après-midi. » Il raccroche le téléphone, me laissant dans un tourbillon d'émotions, et pour une raison quelconque, je ne pense pas qu'aujourd'hui va être aussi génial que je l'espérais après tout.

Chapitre 9

Nico

La réunion que j'ai eue après avoir parlé à Journey n'était pas pour le travail ; c'était pour interrompre Papà pendant ses vacances. Les choses pourraient aller dans plusieurs directions une fois que j'aurai tout mis en jeu pour la femme qui s'est faufilée sur moi et s'est frayé un chemin dans mon cœur.

« Tu es soit un homme courageux, soit un idiot, Nico. Peut-être que ton Journey n'est pas comme ma Giulia. » J'ai utilisé le téléphone jetable sécurisé que nous utilisons pour parler affaires. Papà ne devrait même pas en avoir un. J'ai demandé qu'il l'emporte avec lui à l'étranger au cas où j'aurais besoin de ses conseils. Bien que ce ne soit pas le type de communication que j'aurais pensé avoir, même si une partie concerne les affaires, la plupart concerne la situation entre Journey et moi. « Elle me giflerait si j'avais les idées que vous avez. Cela dit, il y a une raison pour laquelle j'ai pris ma retraite plus tôt que la plupart. Vous avez un penchant pour faire en sorte que les choses fonctionnent en votre faveur tout en protégeant les autres. Ajoutez le sens des affaires et l'intelligence de la rue, et vous obtenez une combinaison mortelle. »

Il y avait des moments où Wylder et moi courrions les rues, nous gagnions deux dollars sur un dollar, en arnaquant quelqu'un qui vendait une moto, en l'achetant bien en dessous du prix demandé, en faisant quelques trucs dessus et en la revendant de l'autre côté de la ville. Si vous deviez faire des bêtises, vous deviez être intelligent. Bien sûr, d'autres ont essayé de faire quelques choses dans des situations similaires, mais ils essayaient de revendre l'objet dans le même quartier riche où ils l'avaient acheté. La nouvelle se répandait, ils s'énervaient et le vendeur en ressortait blessé. Au lieu de cela, nous avons acheté aux riches à un prix qui leur permettait de se débarrasser de l'objet, de faire quelques ajustements et de le revendre de l'autre côté de la voie ferrée. C'est une chose merdique à faire, mais quand il y avait un gamin qui voulait le dernier cri et le meilleur pendant que nous faisions encore le double de notre bénéfice, c'était une victoire facile à nos yeux.

« On verra. Enzo l'amène cet après-midi. Je serai peut-être ou non au point d'en discuter. » L'idée d'utiliser Journey comme appât pour faire venir Petrov n'était pas quelque chose dont je voulais discuter, et encore moins y penser. C'est pourquoi j'ai imaginé un autre plan.

« Je vais prier pour toi, mon fils. Si c'est tout ce dont tu as besoin, je vais passer du temps avec ta mère. » Il rit à l'autre bout du fil. La plupart des gens seraient dégoûtés de savoir ce que vivent leurs parents en privé. Ils ont toujours été comme ça, ouvertement affectueux, un peu trop parfois, mais Papa m'a fait asseoir quand j'étais jeune et m'a parlé des prédilections que les hommes Donotello semblaient avoir à travers les générations. Heureusement, il n'est pas entré dans les détails, mais cela m'a aussi soulagé de savoir que les pensées qui me traversaient l'esprit n'étaient pas sombres, que les femmes ne les détesteraient pas et que je n'étais pas le problème.

« Je vais prendre la prière. Moins de trucs quand il s'agit de toi et de maman. » Surtout quand j'ai ma propre femme.

« Bien sûr, bien sûr, va prendre une douche et fais une sieste. On dirait que tu n'as pas dormi depuis une semaine, addio. » Nous passons tous facilement d'une langue à l'autre quand nous commençons à parler. Papà ne fait pas exception.

« Addio. » Nous raccrochons. Je monte déjà les escaliers de la maison que j'ai récemment achetée. C'est une chose d'avoir un appartement en ville, mais il y a quelque chose à dire sur le fait d'être loin de tout, d'avoir la paix et la tranquillité dans le désert. Surtout quand Journey reste. Ce n'est pas comme dans son appartement, où elle essaie de rester silencieuse quand elle est en proie à un orgasme. Quand elle est là, la seule chose dont nous devons nous soucier est la force et la vitesse avec laquelle elle jouit. Aucun homme sur ma propriété n'oserait entrer dans ma chambre pour la surveiller non plus. Peu de gens savent quand elle est là. Enzo s'en assure. Maintenant, Tony le fera aussi. Cela ne veut pas dire que mes yeux ne le surveilleront pas tout le temps. Il y a certaines choses que l'on apprend dans la vie. Comme dormir avec un œil ouvert, garder ses amis près de soi et ses ennemis encore plus près.

« Oui ? » Je réponds au téléphone, que j'ai toujours dans la main depuis le dernier appel que j'ai passé. J'entre dans ma chambre et regarde le lit. J'ai fait certaines améliorations depuis la dernière fois que Journey est venue ici. La prochaine fois qu'elle sera dans mon lit, ses mains seront au-dessus de sa tête, les jambes écartées et elle ne pourra pas bouger de cette position.

« Petrov a fait un autre geste. Cette fois, c'était l'un de ses gars qui s'approchait d'un lycée pour essayer d'atteindre le fils de Danny. Au moins, le gamin est intelligent. Il a fait l'autre chemin, a pris le téléphone et a appelé sa mère, qui a ensuite appelé Danny. » Je pose ma main sur le mur, le poing fermé, prêt à réduire en miettes la cloison sèche, sauf que je ne peux pas. La douche et la sieste dont j'avais tant envie vont devoir attendre.

« Fais un détour par chez Journey. Fais-la charger et amène-la ici. Laisse-moi l'installer, puis nous nous occuperons de Danny et de sa famille », dis-je à Enzo. Petrov devient plus audacieux au fil des jours, ce qui signifie que mon plan doit fonctionner, mais pour cela, je dois m'assurer que Journey est en sécurité.

« Vous l'avez, patron », répond Enzo. Je retire ma main du mur et fouille dans ma poche pour attraper mon autre téléphone, faisant apparaître le nom de Journey.

« Merci. » Nous raccrochons et je porte mon téléphone non-brûlant à mon oreille, écoutant le téléphone sonner plusieurs fois. J'ai presque quarante ans, mais j'ai l'impression d'avoir la soixantaine avec la merde qui se passe en ce moment.

« C'est deux fois en moins de deux heures. Je suis une femme chanceuse », répond Journey au téléphone.

« Enzo est en route vers vous maintenant. Je sais que c'est plus tôt que prévu, mais quelque chose s'est passé. Je vous expliquerai une fois que vous serez là. » Je suis bref et direct, à moitié tenté de monter dans mon propre véhicule, d'attraper Journey et de voir de mes propres yeux qu'elle est en sécurité. Si je fais ça, cependant, Petrov pourrait potentiellement me tendre un piège. C'est ce que je ferais quand je vais abattre un adversaire.

« Bon, je sors de la douche. Est-ce qu'il accepte d'attendre un peu ? Je ne devrais pas être plus de quinze minutes, peut-être vingt. » Wylder avait raison sur un point : si quelqu'un peut être la femme d'un patron, c'est Journey.

« Je le lui ferai savoir. Prends tout ce dont tu pourrais avoir besoin pour le travail et quelques vêtements de rechange. Tout le reste, les gars peuvent se le procurer en fonction des besoins. » Peut-être que mes plans ne vont pas échouer après tout.

« Nico, je vais m'attendre à des réponses quand j'arriverai, mais je serai prête. »

« Tu les auras, vita mia. » Elle ne les aime peut-être pas, mais elles lui appartiennent quand même. Nous terminons notre conversation, puis je me dirige vers la douche dont j'avais tant besoin.

Français

Chapitre 10

VOYAGE

Fidèle à sa parole, Enzo était chez moi en vingt minutes. Mon sac était prêt à la porte ; ne pas savoir quoi emporter était difficile. Ce qui signifie que j'ai trop emballé et que le seul sac dont je pensais avoir besoin s'est transformé en deux. Enzo n'a pas cillé quand il a pris le premier, saisissant la poignée avec l'autre valise à roulettes pendant que je restais près de lui tout le temps selon ses instructions.

Nous avons quitté la ville et nous sommes dirigés vers la périphérie, à vingt-cinq minutes de route de chez moi. J'ai regardé le joli ciel pendant que nous nous éloignions du bruit et des lumières clignotantes qui font de Las Vegas ce qu'elle est. Vous voyez, la dernière fois que je suis venu chez Nico, le soleil s'était couché depuis longtemps. Il n'y avait pas la vue magnifique sur le désert, comme je le vois maintenant.

« Ce n'est pas ce dont je me souviens de la dernière fois que je suis sorti », dis-je à Enzo. C'était drôle quand il m'a chargé dans le monstrueux SUV noir sur noir. Je parle de vitres teintées, de peinture noire, d'intérieur noir. On m'a placé sur la banquette arrière, ce qui m'a mis mal à l'aise, comme s'il était chauffeur alors que je sais qu'il est l'ami, la famille et le partenaire commercial de Nico d'une autre manière.

« C'est parce que ce n'était pas sa maison ; c'était une location jusqu'à ce que. Celle-ci a été finie selon ses spécifications. » Il y a une porte en fer forgé devant laquelle Enzo s'arrête. Deux gardes sont placés à l'extérieur. Je suis sûr qu'ils sont armés jusqu'aux dents, sans cligner des yeux lorsque nous passons après qu'il a appuyé sur un bouton. C'est alors que je vois la maison de Nico. Mon frère et Celeste ne sont pas en reste dans leur incroyable condo ridicule. Nos parents ont aussi une belle maison. La caravane dans laquelle nous avons grandi a disparu, une nouvelle maison à sa place. Et je suis même allé chez la famille de Nico. Cela me laisse toujours bouche bée. Il y a une allée en briques de terre cuite que l'on entend sous les pneus, ce qui ressemble à plusieurs niveaux, jusqu'à ce que nous contournions le côté de la maison. Enzo appuie sur un autre bouton, ouvrant le garage avant de s'y garer. Mes yeux sortent encore plus de leurs orbites. C'est un peu ostentatoire et un autre côté que je n'ai jamais vu de Nico. Il y a trois voitures, son SUV noir qui ressemble beaucoup à celui dans lequel je suis maintenant, une voiture de sport noire semblable à celle que Wylde conduirait, et à côté, il y a la beauté pure d'un véhicule dans un état si parfait qu'on ne le voit aux enchères que pour une somme qui pourrait correspondre au prix d'une maison.

« Bon Dieu, est-ce que j'ai vécu sous un rocher ? Je veux dire, je sais que Nico est souvent venu chez moi, mais est-ce que j'ai vraiment été aussi stupide ? » Les mots sortent de mes lèvres, inquiète que j'aie peut-être été égocentrique pendant tout ce temps. Je veux dire, je suis sûre que ce n'est pas le cas, n'est-ce pas ? Nico n'a pas dit un mot à propos de son déménagement, une autre dimension que je n'ai pas encore découverte.

« Non, il n'est ici que depuis une semaine environ vu la façon dont les choses se passent. Nico a été occupé. » Je me retiens de lever les yeux au ciel. Enzo est définitivement l'équipe Nico dans tous les domaines qui comptent, ce qui, hé, pas de problème, mec. Je parle juste à voix haute alors que je ne devrais pas. Leçon apprise.

« Ah. » Je choisis de rester silencieux. Le garage est toujours ouvert lorsqu'Enzo met le véhicule en stationnement. J'essaie d'ouvrir ma porte sans succès. « Euh, vous voulez appuyer sur le bouton de déverrouillage pour que je puisse sortir ? »

« Non, Miss Hayes, veuillez attendre que Nico ou moi-même vous aidions. » Je m'assois dans mon siège, les yeux toujours fixés sur la Shelby Mustang immaculée et pas sur tout ce qui me fait remettre en question la raison pour laquelle je suis ici ou pourquoi je suis avec Nico. Un voyage agité va probablement faire surgir toutes sortes d'idées dans mon esprit, comme pourquoi tout d'un coup Nico m'emmène-t-il dehors alors que nous avons gardé cette relation secrète en quelque sorte pour me protéger ainsi que lui-même ? Y a-t-il une raison pour laquelle je suis ici des heures plus tôt, et maintenant je suis coincé dans ce véhicule jusqu'à ce qu'Enzo ou Nico juge que je peux sortir ? C'est tellement bizarre.

« Je l'ai, Enzo. Tu peux sortir. » La porte est ouverte, me tirant de mes pensées.

« Salut. » Ma voix se bloque quand je réalise que Nico est torse nu, des gouttes d'eau s'accrochent à sa poitrine, les cheveux humides de ce que je suppose être une douche, bien que cela puisse provenir de la piscine dont je suis sûr qu'il a, vu la taille de sa maison. Mes mains me démangent de glisser le long de sa peau, de sentir la chaleur sous mes paumes tout en ayant ses lèvres sur les miennes.

« Je vais prendre ses sacs et les placer à l'intérieur, alors ; je serai absent pour la journée. Tony va s'occuper des dons plus tard dans la semaine. » Il semble que Nico ait tout sous contrôle, ce qui rend la stupeur dans laquelle je suis actuellement plus claire.

« Merci, Enzo », lui dis-je. Les mains de Nico se posent sur ma taille alors que je m'apprête à sortir du SUV, il m'aide à descendre et me presse contre lui.

« De rien, Miss Hayes, » déclare Enzo.

« Vita mia, viens avec moi. » Ce n'est pas une question. Il a besoin de moi pour quelque chose, et même si je devrais remettre en question tous les aspects de nos vies, je ne le fais pas. Je me sens comme un agneau mené à l'abattoir avec des doutes qui hantent mon esprit même si je sais que Nico ne me ferait pas exprès de me faire du mal.

Chapitre 11

Nico

« Nico, ralentis. Je ne vais nulle part. » Je suis en train de tout foutre en l'air, je le sais. Tout cela pourrait se retourner contre moi. Bon sang, je serais surpris que ce ne soit pas le cas. Même avec l'esprit vif que j'ai pour moi, la façon dont je la traîne pratiquement partout, ayant besoin de ses lèvres sous les miennes, voulant enfoncer ma bite si profondément en elle qu'elle ne sait pas où elle commence et où je finis, Journey n'est pas un idiot. Mais ça ne m'arrête pas.

« Je sais que tu ne l'es pas. Je ne laisserai jamais personne t'éloigner de moi. » Peu de temps après avoir franchi la porte plus tôt, mais cette fois, c'est avec elle à mes côtés, mon bras enroulé autour de sa taille, la guidant à travers la buanderie du garage qui mène à la cuisine, essayant de calmer ma bite. Quelque chose qu'Enzo n'a sûrement pas besoin de voir, et je ne permettrai pas à lui ou à aucun autre baiseur de voir non plus.

« Nico. » Voyage, putain, elle est pleine de désir à en juger par le ton de sa voix sur son corps endolori. Le tissu de son haut me donne, ainsi qu'à quiconque entre dans ma maison, l'indication qu'elle est prête à ce que nous soyons seuls.

« Plus tard. J'activerai l'alarme en sortant. Si tu as besoin de moi, je serai dans la maison d'invités. » Mes yeux ne sont pas sur lui, cependant. Ils sont sur la beauté aux yeux verts qui peut m'affaiblir d'un seul regard. Ma main est toujours verrouillée sur sa hanche, ses lèvres charnues et prêtes à être enroulées autour de ma bite.

« Merci. » À la seconde où Enzo laisse tomber les sacs par terre, appuie sur le bouton d'alarme et sort par la porte, je suis à l'affût, la soutenant jusqu'à ce qu'elle soit contre le bar de la cuisine, sachant que j'ai besoin d'un goût d'elle pour me retenir jusqu'à ce que je puisse la mettre dans mon lit, nue, les mains liées au-dessus de sa tête, me suppliant de la faire jouir.

« Embrasse-moi, s'il te plaît », supplie-t-elle après la fermeture de la porte. Mes lèvres scellent les siennes, ma langue s'abattant sur sa langue inférieure à la seconde où elle gémit, me permettant l'entrée. Mes deux mains tiennent le cou de Journey, nous déplaçant pour que son dos soit contre le mur. Je déteste qu'elle porte des vêtements, me rappelant la façon dont elle m'a taquiné plus tôt dans la journée en ne portant rien d'autre qu'un trench-coat. J'espérais presque qu'elle le ferait. Quelques mouvements de nos corps, la tête de ma bite pourrait être à son entrée, et je pourrais claquer en elle.

Les mains de Journey descendent de leur place contre ma poitrine, glissant sous la ceinture. Des mains douces trouvent ma longueur, la serrant fermement dans sa main, exactement comme je l'aime. « Je veux te goûter, s'il te plaît, Nico », supplie-t-elle, se détachant de mes lèvres.

« Pas cette fois. Tu veux enrouler tes lèvres rouge cerise autour de ma bite, tu le feras pendant que ta chatte est sur mon visage, me laissant te goûter pendant que tu fais la même chose. » Ses yeux verts brillent plus fort que leur teinte habituelle et sont empreints de désir. Je savais que cette seule pensée la rendrait prête à jouir. Je peux voir ses mamelons grincer contre le débardeur vert, le jean peint épousant ses courbes, regardant ses jambes se frotter l'une contre l'autre.

« Quoi que nous fassions, cela doit arriver bientôt », me dit-elle. C'est alors que je remarque qu'elle est aussi excitée que moi. Je ne peux peut-être pas voir l'humidité qui, j'en suis sûr, recouvre les lèvres de sa chatte.

« Chambre, maintenant. » Mes mains agrippent ses hanches, la soulevant du sol, ses chaussures tombant de ses pieds alors qu'elle enroule ses cuisses autour de ma taille. Je me maudis de ne pas m'être débarrassé de nos vêtements avant de sentir le centre chaud de Journey frotter contre mon bas-ventre, frappant ma bite à chaque pas de l'escalier. La sensation de ses lèvres sur mon cou, le petit mordillement qu'elle prend à chaque coup apaisant de sa douce petite langue, tout cela ne fait qu'accroître le besoin qui grandit en moi.

« Je serais contrarié de ne pas avoir eu la grande visite avec notre conversation si tu n'avais pas utilisé cela pour influencer mes intentions. » Elle baisse ses hanches, encochant ma bite exactement là où elle en a besoin, se balançant dessus. Je bégaie presque dans mes pas le long de l'escalier mais je parviens d'une manière ou d'une autre à nous empêcher de tomber.

« Tu auras tout, mais d'abord, tu as un visage sur lequel t'asseoir, et j'ai une chatte à manger. » Nous tournons le coin de ma chambre juste à temps. La façon dont ses cuisses se serrent autour de moi, je sais que ce n'est qu'une question de temps avant qu'elle ne vienne en se frottant le long de ma bite.

Chapitre 12

Voyage

« Déshabille-toi », ordonne Nico en me plaçant debout sur le bord du lit, ses yeux fixés sur moi alors qu'il enlève le short de sport qu'il porte. Ce n'est pas celui que l'on voit habituellement chez la plupart des hommes, plus court, rien qui descende en dessous de ses genoux. Il arrive à mi-cuisse et, que Nico le sache ou non, il met en valeur ses muscles cordés. Je tire le débardeur par-dessus ma tête, mes seins rebondissant parce que ce haut a un soutien-gorge intégré légèrement rembourré, avant de passer au bouton de mon jean. Je m'en éloigne rapidement après avoir vu Nico prendre sa longueur en main. Il est épais même pour ses mains, qui ne sont pas du tout petites. Je le regarde se caresser. Voir ce que je lui fais, c'est une sensation grisante.

Rien ne pouvait détourner mon regard du sien, ni la magnifique skyline du Nevada avec les portes panoramiques menant à un balcon que j'ai repéré en entrant, ni les murs beige clair et le mobilier lumineux, qui m'ont choqué après avoir vu ce que je sais maintenant être sa location, de la lumière à l'obscurité, et je dois dire que j'aime beaucoup mieux ce style. Il y a un lit à baldaquin en fer forgé foncé sans le tissu fluide que certains auraient attaché dans les coins, et une literie qui a l'air aussi luxueuse que je sais qu'elle sera, de couleur crème avec des oreillers qui portent certainement le nom de sa mère et de sa sœur. Aucun homme sain d'esprit n'aurait plus de quatre oreillers placés à la tête du lit, qui est soigneusement fait, j'en suis sûr, par un service de nettoyage quotidien.

« Putain, regarde-toi. Il n'y a pas assez de mots pour décrire à quel point tu es incroyable. » Les mots et le regard dans ses yeux, il y a plus que du désir. C'est un désir profond, comme si s'il ne mettait pas la main sur moi, il mourrait.

« Nico, s'il te plaît, touche-moi. » Il rôde plus près, jusqu'à ce que nous soyons pieds contre pieds. Nico tombe à genoux devant mon centre, me regardant dans l'un des endroits les plus vulnérables qu'une femme puisse avoir. Je le regarde m'inspirer, un homme qui n'a jamais besoin de se mettre à genoux pour qui que ce soit, pas en tant que chef de la mafia, et pourtant il est là. Il me regarde avec admiration, la tête penchée plus bas. Je le regarde se lécher les lèvres avant de sentir le râpement de sa langue sur ma chair nue. La cire lisse qui vient d'être faite il y a quelques jours me permet de ressentir chaque nuance que Nico confère à mon centre. Deux mains glissent entre mes jambes, prenant les joues de mes fesses, les écartant, les doigts les saisissant avidement alors qu'il lèche mon clitoris, l'encerclant du bout de sa langue, me tourmentant jusqu'à ce que je sois pratiquement faible dans les genoux, littéralement sur le point de tomber de plus d'une manière. L'orgasme est l'une d'entre elles ; L'autre, c'est mon corps qui tombe, Nico ne le permet pas, il n'est pas l'homme contrôlé qu'il est. Je suis pressé par une de ses mains sur mon bas-ventre. Comment a-t-il pu bouger sans que je m'en rende compte, je ne le saurai jamais, pas quand je suis dans un brouillard provoqué par le désir de Nico. Mon dos touche le lit. « Oh mon Dieu. » Je me tortille sous lui, écartant davantage mes jambes, voulant lui donner autant d'espace que possible pour travailler, sentant et entendant l'humidité ainsi que mes gémissements lourds.

« Bon sang, tu as bon goût. Riche, terreux et mien. » Il s'éloigne de mon corps. Un son plaintif quitte ma gorge, pas prêt pour ce qui était sur le point d'être un orgasme bouleversant que seul Nico peut me donner. Je le regarde se déplacer vers le lit puis me tirer avec lui jusqu'à ce que nous soyons face à face, allongés côte à côte. Il attrape ma jambe et la soulève au-dessus de sa hanche, m'ouvrant jusqu'à ce que sa bite soit installée en mon centre. L'humidité recouvrant ses lèvres de mon jus me fait l'embrasser, sans me soucier du goût de moi-même. Nico est un peu pareil. Peu importe qui fait une fellation à l'autre, aucun de nous ne s'en soucie à la seconde où nos lèvres fusionnent, un peu comme je le fais maintenant.

« J'ai besoin de toi, Nico », je marmonne. Ma langue trace le contour de sa lèvre inférieure tandis que je me cambre pour me rapprocher de lui. Mais ce n'est pas comme ça que les choses fonctionnent. Je sais ça de Nico, j'adore même ça. Il n'y a aucune chance que je change quoi que ce soit. Il est dominant quand il s'agit de notre vie sexuelle, ce qui me donne le temps de ne pas être un propriétaire d'entreprise. Aucune inquiétude ne hante mes pensées quand il a le contrôle, me commande. Tout s'éteint. Il n'y a que nous deux, rien d'autre. Il n'y a pas d'entreprise de mafia familiale qui frappe à sa porte. Il n'y a pas de contrats à régler. Mon côté créatif s'éteint.

« Tu vas m'avoir, mais d'abord je te laisse choisir. Tu veux ma bite dans ta bouche ou glisser le long de ta chatte ? » Je suis retourné sur le dos avec Nico planant au-dessus de moi, et lorsque mes mains touchent ses bras lourdement tatoués, faisant glisser le bout de mes doigts de ses poignets vers le haut, Nico bondit. Avant que je ne m'en rende compte, mes poignets sont au-dessus de ma tête, une main lourde les menottant ensemble.

« Comme ça, ici et maintenant, Nico. » Pour lui faire comprendre ce que je veux, je lève mes jambes et les enroule autour de sa taille, lève mes hanches, me traînant le long de sa queue, mon corps ondulant de désir.

« Bien. Tu pourras avoir ma bite dans ta bouche plus tard, beaucoup plus tard. » Il se redresse, le haut de ses cuisses sous le dos des miennes, m'écartant de manière obscène, sa bite glissant le long de ma fente. « Tu vas bien ? » demande-t-il après avoir fait quelque chose à mes poignets. C'est alors que je sens le doux tissu velouté dans lequel ils sont enfermés.

« Parfait. » Nico m'a murmuré des choses à l'oreille la dernière fois que nous étions ensemble, comment il allait m'attacher à son lit à la première occasion. Je suppose que c'est sa façon de tenir sa promesse.

« Maintenant, par où vais-je commencer. » Il y a une lueur dans ses yeux, une lueur qui me dit qu'il est prêt à me torturer, et je suis plus que prête.

« Et sur mes lèvres ? » Je sais déjà qu'il fera tout ce qu'il veut. Il me fera me sentir bien en le faisant, mais cela ne veut pas dire que je l'obtiendrai exactement comme je le veux.

"C'est vrai ?" répond Nico en embrassant le dessous de mon oreille. Sa barbe effleure ma peau, me faisant frissonner d'excitation en sachant que sa barbe me brûlera, une autre marque qu'il me laisse, une sorte de souvenir, quelque chose à regarder dans le miroir quand je suis perdue dans une brume de luxure. Il travaille un côté de ma gorge, puis l'autre, embrassant ma peau, la suçant en bougeant, allant n'importe où sauf près de l'endroit où je meurs d'envie qu'il soit, et peu importe à quel point je bouge, essayant d'attraper ses lèvres, Nico les contourne. Ce n'est que lorsque les talons de mes pieds s'enfoncent dans le bas de son dos qu'il comprend enfin l'allusion. Enfin, ses lèvres rencontrent les miennes, tout en travaillant mon clitoris avec sa queue, mon centre saisissant l'air, désespéré de sentir sa lourdeur glisser à l'intérieur, le serrant fort contre moi. Il y a un million de petites sensations qui parcourent mon corps alors que ses lèvres sirotent les miennes, tirant une de mes lèvres dans sa bouche, la mordillant, sans être doux, tout comme je sais qu'il ne le sera pas quand il me prendra enfin.

"Plus." Ses lèvres quittent les miennes, et il soulève ses mains qui tenaient son gros corps au-dessus de moi. Ils pressent maintenant fermement mes hanches contre le matelas. Une rafale de chair de poule tombe sur mon corps, sachant que Nico va descendre le long de mon corps. Je savoure la façon dont sa bouche touche un téton, léchant tout autour de la pointe jusqu'à ce qu'il le suce si profondément dans sa bouche qu'il s'aplatit. Mon cœur tire sur le plaisir qu'il me donne, sans parler de ses hanches. Elles n'ont pas arrêté de bouger ; il y a quelque chose à dire sur la gratification différée, le travail de nos deux corps jusqu'à ce que nous soyons au bord de l'orgasme, la connaissance qu'une fois qu'il aura glissé en moi, je pulserai autour de son épaisseur, mon corps fonçant vers un orgasme, déclenchant parfois un autre orgasme après celui de Nico.

« Gourmande, vita mia. » Il se déplace vers l'autre téton, le travaillant de la même manière qu'il a fait pour le premier. Mes doigts agrippent le velours attaché au cadre du lit. Quand Nico s'éloigne cette fois, je peux voir qu'il est tout aussi excité que moi. La sueur brille sur sa peau, une gouttelette glissant autour de son pectoral. Ma langue balaie ma lèvre inférieure tandis que je la regarde bouger le long de son corps, mourant d'envie de la suivre. « Ouais, elle l'est. Je me demande ce que tu ferais si je m'éloignais pour te laisser comme ça pendant que je suis assis sur la chaise, regardant ton corps souffrir pour trouver la libération, ne pouvant la trouver que lorsque je te la donne. »

« Tu ne le ferais pas. » Mes cuisses serrent ses hanches, le tenant près de moi pour qu'il n'essaie pas de s'éloigner. S'il me faisait ça, je hurlerais probablement à tue-tête, l'injuriant de haut en bas et de côté.

« Je ne parierais pas contre moi, Journey. C'est pour une autre fois. Maintenant, je vais te baiser à vif. » Sa queue glisse contre les plis de ma chatte, la pointe heurtant mon clitoris juste comme il faut, et s'il continuait comme ça, j'aurais déjà joui. Il connaissait la nature du jeu, savait quand je serrais mes jambes autour de lui pour reculer. Maintenant, il semble qu'il va enfin nous donner à tous les deux ce dont nous avons besoin.

"S'il te plaît, Dieu, je meurs d'envie de toi." Ma tête bascule en arrière quand il me fait taire alors qu'il s'enfonce complètement en moi d'une poussée solide. Nico ne s'arrête pas, à la place il se retire et pousse à l'intérieur. Tout mon corps bouge, les yeux fermés, un orgasme prend déjà le dessus. Je sais qu'il arrive. Mes pieds se bloquent autour de sa taille, mes cuisses se resserrent plus fort, l'humidité recouvrant l'intérieur de mes jambes, et si mes yeux s'ouvraient réellement et que je regardais Nico, je sais que son regard serait brûlé sur sa tige humide creusant un tunnel dans et hors de ma chatte serrée. "Nico !" Un cri déchire mon corps. Il n'arrête pas ses mouvements, pas quand cet orgasme est parti et qu'il est occupé à en construire un autre. Mes yeux s'ouvrent, je regarde la beauté qui m'entoure dans tout ce que Nico est, je le sens venir en moi, je sais qu'il m'a attachée à lui de toutes les manières possibles. Je suis déjà plus qu'à moitié amoureuse de lui. Il est tout ce dont je n'avais jamais pensé avoir besoin, et quand sa tête se lève, nos yeux se bloquant l'un sur l'autre, nous nous unissons cette fois, plus forts que jamais.

« Non posso vivere senza di te », murmure-t-il à mon oreille alors que son corps tombe sur le mien. Il est encore assez conscient pour délier mes mains, massant mes poignets alors que des picotements prennent le dessus après être resté trop longtemps dans la même position. Il n'utilise pas beaucoup l'italien, mais quand il le fait, c'est avec une profondeur que lui seul peut me donner. Sauf que cette fois, je n'ai aucune idée de ce que cela signifie, et il est bien trop fatigué pour que je lui demande.

Chapitre 13

Nico

« Ce n'est pas comme ça que je m'attendais à ce que les choses se passent quand j'ai demandé à Enzo de t'amener chez moi plus tôt. » Journey est allongée sur ma poitrine, l'oreille collée à mon cœur qui bat rapidement. Le fait de savoir dans mon intestin que cette langueur disparaîtra bientôt n'aide pas les choses. J'ai jeté les couvertures sur nous après l'avoir nettoyée avec un gant de toilette chaud, pas prête à ce que nous quittions le confort de mon lit après l'avoir enfin eue ici au lieu de son appartement ou de ce qui était mon dernier endroit.

« Non, j'imagine que parler était censé avoir lieu. » Elle trace le tatouage le long de mon bras. Ses cheveux sont un fouillis de cheveux du lit et aussi ma main qui joue actuellement avec.

« C'était le cas, ce que nous sommes sur le point de faire. » Elle soulève sa tête de ma poitrine. Mon bras bouge pour la presser à nouveau contre mon corps. Journey ne bouge pas, cependant, alors à la place, je m'assois dans le lit, la tirant avec moi jusqu'à ce qu'elle soit à califourchon sur mes genoux.

« J'ai le sentiment que je ne vais pas aimer la tournure que cela va prendre. » Elle enfouit sa tête dans mon épaule et mon cou, inspirant profondément avant de la relâcher.

« J'aimerais tellement que tu puisses enfouir ta tête dans le sable, vita mia, mais ce n'est pas possible. Si tu veux savoir dans quelle mesure les choses vont se passer pour te garder dans ma vie et en sécurité pendant que tu le fais... » Je m'arrête, attendant de voir si elle va me regarder dans les yeux ou si je vais lui parler dans les cheveux pendant toute la durée de l'opération. Comme elle ne bouge pas, je continue : « Il y a la vieille méthode, t'utiliser comme appât pour attirer mon ennemi. Ça me fait transpirer de penser à te mettre en danger. C'est mon dernier recours, Journey. Écoute-moi bien ; j'ai essayé de te protéger depuis le tout début, en m'y tenant, en te faisant sentir que tu n'étais pas digne d'être vue à mon bras, aux yeux de ma famiglia. C'est tout à fait faux. Maintenant, il y a un putain de Russe qui fait des mouvements, qui s'en prend aux adolescents, pas seulement à notre territoire, mais aux enfants à l'école. Celui-ci est un lycéen, ça ne fait pas vraiment de différence qu'il l'ait approché, et encore moins qu'il lui ait proposé un travail pour vendre de la drogue pour eux. Un autre passe une note, nous disant qu'il s'en prend aux personnes que nous aimons le plus. "T'utiliser ne me convient pas, pas une seconde." Journey s'éloigne de mon cou, laissant des larmes humides sur son chemin. Elle n'a pas l'air effrayée comme je l'aurais soupçonnée.

« Je sais que tu n'as pas honte de moi. Est-ce que ça craint que je ne sois pas incluse dans certains aspects de ta vie ? Absolument. Je ne savais même pas que tu avais déménagé. La dernière maison où j'ai été, je pensais que c'était la tienne. Le fait qu'Enzo m'ait dit que c'était une location m'a donné un coup de pied au ventre. Je ne savais pas si c'était moi qui n'avais pas posé les bonnes questions ou si c'était toi qui me tenais à l'écart. Je déteste que tu aies ça sur la conscience qu'un connard s'en prenne à une partie de toi, et ne me lance pas sur le fait qu'il le fasse avec des enfants. Si je pouvais les épargner en m'utilisant comme appât, je le ferais, sans hésiter. Aucun enfant ne devrait avoir à se promener en s'inquiétant de qui le poursuit en rentrant de l'école. » Ma femme altruiste, prête à se battre pour des gens qu'elle ne connaît pas, tout cela parce qu'ils font partie de moi. Papa n'avait pas tort quand il disait qu'elle ferait une bonne femme de chef de la mafia. Journey sera ça pour moi, peu importe à quel point elle me déteste pour ça.

« Putain, ça n'arrivera pas ! » Ma voix est plus dure que jamais, mes mains se posant de chaque côté de son cou, permettant à Journey de voir que cela n'arrivera jamais, pas tant que je suis en vie. C'est déjà assez grave que Petrov sache qu'elle est ma faiblesse, un autre souci sur ma liste de conneries quotidiennes. Mais Journey, c'est là que je trace la ligne. S'il veut une guerre, je la commencerai et la finirai.

« Nico, quoi que tu veuilles que je fasse, tu sais que je le ferai. » Trop disposé à le faire pour moi. Je ne sais pas si je dois l'embrasser ou lui botter les fesses pour s'être offerte si librement.

« Ce que je veux, c'est t'énerver. » Ses yeux verts scintillent de tristesse, pas pour elle mais pour moi. « La seule façon de te garder en sécurité et dans ma vie est de te lier complètement à moi. Je ne prends pas ça à la légère. Tu deviendras ma femme ce soir. » Je la regarde avaler ce que je suppose être une boule dans sa gorge. Lorsqu'elle se démène pour se dégager de moi, je baisse les mains. Elle a beau essayer, il n'y a aucun moyen de quitter ma maison à moins de connaître le mot de passe et d'avoir une empreinte digitale envoyée au système de surveillance, une autre chose à ajouter à ma liste sans fin.

« Nico, tu es ridicule. Tu préfères qu'on se marie plutôt que de m'utiliser comme appât. Fais-moi comprendre, s'il te plaît, parce que l'homme qui était enfoui au plus profond de moi, qui me donne maintenant une option, n'est-il pas le même homme qui m'a murmuré, ce qui, j'en suis sûr, signifie quelque chose d'important pour toi ou était-ce ta façon de me faire sentir aimée sans utiliser le mot ? Journey est nue, ouvre des tiroirs, les claque jusqu'à ce qu'elle trouve une de mes chemises et la glisse sur sa tête avant de fouiller à nouveau les tiroirs jusqu'à ce qu'elle atterrisse sur mes chaussettes. La regarder se pencher pour en enfiler une puis l'autre ne devrait pas me rendre heureuse. La façon dont elle se comporte, portant mes vêtements, c'est mieux que de trouver un objet lourd et de me le jeter à la tête.

"Tu es tout pour moi. Non seulement notre mariage te protégerait de ce connard russe, mais cela rendrait la tâche très difficile à un flic de te récupérer, de t'interroger pendant des heures, en essayant de te soutirer des informations sur moi et la famiglia." Je sors du lit et prends mon propre short. Il va falloir que tout le monde soit sur un pied d'égalité, car Journey exprime un profond agacement. « C'était la réunion que tu as eue avec Wylder, pour me marier comme si j'étais une vache aux enchères ? » s'exclame-t-elle en traversant la pièce jusqu'aux portes vitrées, les regardant au lieu de me regarder. Je ne lui ai pas expliqué la raison de ma rencontre avec Wylde dans son bureau, seulement que je devais lui parler. J'enfile mon short et marche vers elle. Ce n'est pas la situation idéale, et je ne lui ai pas dit ce gros mot. Cela ne veut pas dire que ce que je ressens pour elle n'est pas fort, voire plus fort qu'un mot minable qui est utilisé plus souvent qu'il ne devrait l'être.

« Tu n'es pas une vache, Journey. J'ai expliqué à ton frère les options qui s'offraient à lui. Il n'était d'accord avec aucune d'entre elles, mais m'a dit que tu étais une grande fille et que tu pouvais prendre tes propres décisions. L'idée de t'utiliser comme appât pour ce connard me rend meurtrière. Il est connu pour vendre non seulement de la drogue, mais aussi des femmes. Un faux mouvement, et tu pourrais être perdue à jamais pour moi. Ce n'est pas possible, vita mia. » Mes mains prennent les siennes dans les miennes, les tenant, les doigts enfilés ensemble tandis que je soulève les siennes vers les portes vitrées. Mon corps enveloppe le sien, sentant le léger tremblement après lui avoir avoué plus que je ne devrais.

« C'est vraiment aussi terrible ? » L'arrière de sa tête repose contre mon épaule. Mes lèvres effleurent son cou.

« Pire que ce que tu imagines le plus fou et même plus. Je sais que ce n'est pas le mariage de conte de fées dont tu as rêvé quand tu étais petite, mais un jour prochain, quand mes parents seront de retour et que les choses se seront arrangées, je te donnerai exactement ce que tu mérites, » j'admets.

« Si nous nous marions, ce sera pour toujours ? » Je m'écrase sur mes molaires du fond, furieux qu'elle pose une telle question, en comprenant que c'est de ma faute. Nous n'avons clairement pas discuté autant que nous aurions dû au cours de ces derniers mois. Encore une chose à régler. Mon Dieu, quel gâchis j'ai fait de sa vie.

« C'est pour toujours. Si tu t'enfuis, je te courrais après, je te ramènerais à la maison et je t'attacherais à notre lit. Je ne fais peut-être pas beaucoup de choses bien, Journey, mais ça, je le ferai. Nous serons mariés dans tous les sens du terme. » Mes pensées s'égarent, pensant à quelques années plus tard, ma bague à son doigt, un bébé que j'ai mis dans son ventre, pensant au bruit des autres enfants remplissant cette maison autrement vide.

« Je devrais être en colère contre toi. Honnêtement, je ne suis pas au-dessus de te donner des coups de pied entre les jambes et de te faire mal aux couilles. Ce n'est pas du tout ce à quoi je m'attendais, me mettre sur la sellette, changer les choses de manière aussi radicale alors qu'il pourrait être aussi facile que de m'asseoir à un bar pour appâter ce sale porc d'homme. Comment allons-nous expliquer cela à mes parents ? Maman va te tuer, et ta mère, oh mon dieu, je ne veux même pas penser à tout le bavardage rapide que tu vas devoir faire pour y parvenir. Journey détend son corps contre le mien. Une fois de plus, elle a raison. J'aurai beaucoup de plumes ébouriffées à lisser demain. Le reste de l'après-midi est pour nous, et ce soir, eh bien, je prendrai Journey Donotello toute la putain de nuit.

« Laisse-moi faire ça, d'accord ? » Mes dents mordillent son cou, et ma bite perd sa volonté de rester molle alors qu'elle cambre son cul dans mon aine. Il semble que nous allons fêter ça tôt après tout.

Chapitre 14

Journey

« Es-tu sûr que c'est une bonne idée ? » demande Delaney pour la dixième fois depuis qu'il est arrivé chez Nico. À vrai dire, je n'ai aucun moyen de savoir si c'est le cas ou non. En toute honnêteté, fuir vers les collines aurait probablement été une meilleure idée, mais perdre Nico m'aurait arrêté net. L'homme qui ne s'est jamais énervé l'a été aujourd'hui. Les choses sont vraiment difficiles, et tant qu'il n'aura pas mis la main à la pâte, je ne vais pas ajouter de stress à sa vie. Suis-je une personne facile à gérer ? Probablement, mais quand on aime quelqu'un, on fait des conneries vraiment stupides, et je ne suis pas stupide de nier que ce n'est pas l'un de ces moments où je devrais me jeter à corps perdu.

« Absolument. Tu as récupéré la robe chez moi ? » Lorsque j'ai fait mes bagages pour venir chez Nico, je n'avais aucune idée qu'aujourd'hui serait le jour de mon mariage, donc les vêtements que j'avais rangés dans mes sacs étaient plutôt des vêtements de sport, des maillots de bain, une paire de jeans, quelques hauts et quelques robes.

« Est-ce qu'une abeille fait des bruits de bourdonnement ? » Quand je l'ai appelé après m'être calmée après la bombe que Nico avait déposée sur mes genoux, c'était avec calme. Bien sûr, il y avait un besoin de rage, mais après la dernière semaine que j'avais passée, j'étais fatiguée – physiquement, émotionnellement et maintenant mentalement. Ne vous méprenez pas, je ne vais pas épouser Nico pour le plaisir. Je l'aime vraiment, même s'il ne peut pas et ne veut pas dire ces mots. Je peux voir une vie avec lui s'il me le permet.

« Tu es la meilleure. » Il y avait une robe qui n'avait pas encore vu la lumière du jour : une robe couleur crème, féminine et délicate avec une touche épicée en apparence. Le tissu sous la dentelle épouse mon corps de toutes les bonnes manières, mettant en valeur mes hanches et les courbes de mon cul. Je n'ai clairement pas eu la chance d'avoir un coffre, mais j'ai assez de déchets dans mon coffre pour en prendre un peu et le placer en haut si je le voulais. Mais je ne le fais pas, alors à la place, je trouve des vêtements qui flattent mon corps. J'ai eu de la chance lorsque la marque m'a envoyé un e-mail me demandant de faire un essayage, de taguer l'entreprise et de donner à mon public un code de réduction. La sortie en ligne n'est pas prévue avant le week-end prochain ; cela ne m'a pas empêché de leur envoyer un e-mail pour leur demander si je pouvais la sortir plus tôt car, vous savez, ce serait la robe de mariée parfaite pour l'occasion.

« Je le suis. Je ne suis toujours pas convaincue par cette idée. Je sais que Nico et toi êtes ensemble depuis quelques mois, mais pourquoi cette telle précipitation pour se marier ? » Delaney ne sait pas la vérité sur la façon dont Nico me demande de l'épouser si soudainement et nous gardons les choses ainsi, moins ils en savent, moins ils pourraient souffrir. Moins les gens en savent, mieux c'est. Comme si seule notre famille immédiate le savait, donc pour l'instant, je vais mentir à ma meilleure amie, ce qui me donne envie de me recroqueviller en boule et de pleurer. Mais je n'ai pas le temps de m'attarder sur ce que je ne peux pas changer. J'espère que lorsque les choses se calmeront, j'aurai le courage de le lui dire, et Delaney ne me détestera pas pour ça.

« Je l'aime, Delaney. Je l'aime vraiment. Tu ne vois que le gars endurci, pas celui qui se glisse dans mon lit, me protège du froid, me chérit, ou le fait que peu importe à quel point il est occupé, il reçoit un SMS ou un appel téléphonique tous les jours. » Ce ne sont pas les seules raisons pour lesquelles je suis complètement fasciné par tout ce qui concerne Nico ; ce sont juste les quelques-unes que je peux exprimer avec des mots. Il y a toute une autre facette qui se passe au lit. Je n'en parlerai jamais avec quelqu'un d'autre, pas même avec mon meilleur ami, non pas parce que je ne lui fais pas confiance, mais ce domaine de notre vie est juste cela – le nôtre.

« Ok, je ne peux pas dire que je comprends ce que tu dis. Nous en connaissons aussi la raison. Chercher l'amour aux mauvais endroits devrait certainement être la chanson thème de ma vie », plaisante-t-il sur la vieille chanson country western qui joue dans l'un de mes films préférés, Urban Cowboy. « Je te soutiendrai quoi qu'il arrive. » Il noue le dos de la robe pour moi. Ai-je mentionné que les bretelles sont délicates, se croisant sur mes épaules pour se nouer au milieu de mon dos ? Le devant est magnifique ; le dos est époustouflant.

« Merci, et vu que tu me défends tandis que Wylder défend Nico, nous avons en quelque sorte besoin de vous deux. » Dès qu'il a fini, Delaney joue avec sa cravate. Mon Dieu, si Pierre ne s'empare pas de cet homme, je vais devoir vraiment creuser pour lui trouver l'homme idéal pour son bonheur éternel. Il le mérite et bien plus encore.

« Je ne le raterais pour rien au monde, et en plus c'est mon travail de m'assurer que tu n'aies pas froid aux yeux. Du moins, c'est ce que montrent tous les films quand il y a un homme d'honneur. » J'enfile mes talons. La semelle est de la même couleur que ma robe, une bande transparente sur le dessus et un lien à l'arrière de ma cheville de couleur crème. Delaney savait exactement quelles chaussures choisir lorsqu'il est entré dans mon placard après avoir trouvé la robe. Franchement, il aurait dû être créateur de mode ou influenceur plutôt que magnat de l'immobilier.

« Tu fais un excellent travail », lui dis-je après avoir attaché chaque talon et me relever. Mes cheveux sont en vagues douces, quelques épingles les retenant ensemble d'un côté, pour ne pas gâcher la belle robe.

« Il est temps pour nous de partir, Journey. J'entends Nico faire les cent pas devant la porte. » Ce n'est peut-être pas un vrai mariage en quelque sorte, mais cela ne m'a pas empêché de vouloir garder un certain sens du traditionalisme. Nico n'a pas été impressionné lorsque je lui ai donné le choix de se faire virer de sa chambre, ou de déménager dans une autre pièce de sa maison de quatre chambres, qui, soit dit en passant, a sept salles de bains. Qui a besoin d'autant de salles de bains, et qui voudrait les nettoyer chaque semaine ? Certainement pas moi.

« Bon, je suppose que nous allons montrer au gros costaud avec quoi nous travaillons. Cela te dérangerait-il de prendre quelques photos avec le décor dans la chambre de Nico avant de partir ? « L'équipe de campagne voudra les voir avant qu'ils ne soient publiés, et comme nous gardons cela intime, je n'ai pas demandé à mon assistant de venir », je demande en lui tendant mon téléphone.

— Toujours. Je suppose que tu en voudras aussi avec Nico ? Je hoche la tête en réponse en ouvrant la porte et je reste stupéfaite. Nico porte un costume quatre pièces : pantalon noir, veste, gilet et cravate. La chemise blanche le fait ressortir, et je sais que si je frottais mes doigts le long du tissu, ce serait le tissu le plus doux qui soit.

— Mi togli il respire. Je penche la tête sur le côté, essayant de déchiffrer ce qu'il vient de me dire. — Tu me coupes le souffle. Il ne dit pas ce mot qu'une femme comme moi a envie d'entendre, mais quand il utilise ces mots, c'est comme s'il le faisait, et je sais que pour l'instant, cela devra suffire.

— Nico, dis-je en prenant une profonde inspiration, essayant de trouver les bons mots à dire. Tu es beau. C'est nul, mais le soupçon du sourire qu'il me lance me fait savoir qu'il comprend. Ses mains se posent sur ma taille, les miennes sur sa poitrine, et ses lèvres rencontrent les miennes, un léger baiser pour ne pas abîmer mon rouge à lèvres. Je ne mentionne pas que ça ne mènera nulle part et que ça ne tachera pas, sachant que si on commence ça, ça ne finira pas avant qu'on soit tous les deux nus et essoufflés.

« Es-tu prête, vita mia ? » Le son de Delaney qui clique sur le déclencheur de mon téléphone est le seul bruit dans l'embrasure de la porte, et je suis reconnaissante de lui avoir demandé de prendre des photos.

— Oui, j'ai juste besoin que Delaney me suive dans ta chambre, prenne quelques photos de moi dans cette robe, puis quelques autres de nous deux. On a le temps, non ? Ça devrait être une question, mais ça donne plutôt l'impression d'être un coup de pouce pour obtenir ce que je veux.

— Si ça ne prend pas trop de temps. Notre rendez-vous est dans une heure. L'officiant ainsi que Wylder et Celeste seront là, nous attendant. Nous avons dû nous préparer si tôt pour préparer les licences de mariage.

— On sera rapides. J'embrasse à nouveau ses lèvres avant de me retirer, de prendre sa main dans la mienne et de lui montrer le chemin, sachant que nous avons des choses à faire, des gens à voir et un endroit où nous marier.

Chapitre 15

Nico

Nous avons pris les photos comme elle l'avait demandé, en gardant celles d'elle et moi pour nous, l'autre pour sa campagne Instalook. C'est une chose d'être en plein air, d'être vu dans un restaurant ou un casino ; c'en est une autre d'être diffusé sur les réseaux sociaux.

— Tu es prêt pour ça ? demande Wylder, debout à côté de moi au bord de la piscine. Nous attendons que Journey vienne de l'intérieur de la maison, vers moi. Delaney est de l'autre côté de nous. L'officiant tient une bible dans ses mains, ignorant ce qui se dit autour de lui. Il ne m'a pas fallu très longtemps pour trouver le prêtre, vu que ma famille ne manque jamais un service du dimanche et j'ai proposé de faire un don important au groupe de jeunes qui avait besoin d'aide pour placer des enfants en famille d'accueil.

« Je ne serais pas ici si je ne l'étais pas. Je n'ai pas vu ce qui se passait, j'ai pensé qu'elle rechignerait et s'enfuirait. Ce n'est pas ta sœur, cependant, qui s'offre à ce connard. Il n'y avait aucune chance que je laisse cela se produire. Heureusement, il n'a pas fallu beaucoup de persuasion de ma part », lui répondis-je, impatient d'attendre que Journey sorte de la maison. Elle sirote actuellement un verre de champagne avec Celeste, ce qui peut sûrement entraîner des ennuis s'ils prennent trop de temps.

« Je ne l'ai pas vu. Tu ne l'as peut-être pas vu, mais c'est évident. Elle est partie pour toi. Et, frère, tu es là avec elle », répond Wylder, me disant essentiellement la même chose que Journey. Je n'ai pas dit ce que je ressens pour elle, franchement parce que les actes parlent plus fort que les mots. Cela se voit de plusieurs façons. « Et je n'envie pas ton compte en banque. Tu as eu de la chance que tes deux parents soient hors de la ville. Quand ils reviendront, tu ferais mieux d'avoir ton portefeuille ouvert parce que Journey sera la dernière personne pour qui ils organiseront un mariage. »

« Je leur ai déjà dit que tant que Journey est d'accord, ils peuvent faire ce qu'ils veulent. Nous serons déjà mariés. Le reste n'est qu'une formalité. » Le prêtre s'éclaircit la gorge. Je redresse les poignets de ma veste, les yeux fixés sur la porte qui s'ouvre en coulissant. Celeste fait son apparition, souriant à Wylder. Elle utilise l'appareil photo de travail de Journey que Delaney n'a pas hésité à apporter. Je suis sûr qu'ils l'ont utilisé plus tôt dans la journée dans notre chambre pendant qu'ils prenaient des photos de la robe pour son contrat, mais je n'ai pas vu Delaney ; mes yeux étaient uniquement concentrés sur Journey. Écouter Journey dire à Celeste que c'est simple, de simplement viser et photographier, le reste, elle s'en chargerait. Si j'avais eu le temps ou si j'avais simplement demandé à Journey ce dont elle avait besoin, j'aurais pu payer un photographe pour faire ce que Celeste fait. Je ne l'ai pas fait. Maintenant, j'espère qu'ils se passeront comme Journey le souhaite.

« Tu es complètement foutue », déclare Wylder. Le prêtre s'éclaircit à nouveau la gorge. Imbécile, qui jure devant un prêtre. Jésus, sa mère et ma mère lui donneraient des gifles. Je ne m'en sors pas beaucoup mieux. Je suis presque sûre que bander devant un prêtre et devant ton meilleur ami d'enfance devenu adulte tout en regardant sa sœur, qui est sur le point de devenir ma femme, n'est pas beaucoup mieux.

Les yeux de Journey se posent sur les miens. Le petit bouquet que Celeste a ramassé en chemin était l'une des nombreuses choses qui ne m'étaient pas venues à l'esprit. La bague dans ma poche et le fait de me procurer le prêtre étaient tout ce qui m'inquiétait. Une bague que je trimballe depuis quelques semaines maintenant, sans savoir quand ni où je demanderais Journey en mariage, sans savoir du tout que cela arriverait si tôt. J'étais au travail, entrant dans une bijouterie à la recherche d'un bracelet pour ma nièce après qu'elle m'ait dit lors d'un dîner du dimanche qu'elle en voudrait un pour son anniversaire qui approchait. J'ai trouvé celui qu'Amelia voulait en quelques minutes. En attendant que le vendeur termine la transaction, je me suis dirigé vers la vitrine des bagues de fiançailles, car cela a piqué ma curiosité. Le vendeur m'a demandé si je voulais voir le pavé de diamants roses taille coussin de deux carats et demi, avec des diamants plus petits enroulés autour de la bague de fiançailles. Il m'a suffi de l'imaginer au doigt de Journey. J'ai acheté la bague sur-le-champ, sans cligner des yeux devant le prix. La seule chose que j'aurais dû acheter était l'alliance assortie, quelque chose que j'appellerai la semaine prochaine pour me faire marteler.

Dès que Journey est à portée de main, ma main se tend vers la sienne, et elle passe le bouquet à Delaney. Je le regarde essuyer une larme au coin de l'œil. Les yeux de Journey s'humidifient lorsqu'elle le regarde. Je prends une profonde inspiration tout en gonflant ma poitrine, voyant le bonheur écrit sur son visage.

« Sommes-nous prêts à commencer ? » demande le prêtre Bianchi. Une fois que Journey est face à moi, je noue nos deux mains ensemble. Je lui souris, regardant la pure beauté que j'ai réussi à posséder d'une manière ou d'une autre.

« Je le suis. Et toi, Nico ? » demande-t-elle. Je secoue la tête, presque en riant de cette question ridicule. Ces membres de la famille Hayes, c'est comme s'ils ne savaient pas que je pouvais penser par moi-même, vu que c'est moi qui ai voulu que cela arrive en premier lieu, mais je ne vais pas révéler cette petite information, pas encore du moins.

« Je le suis. » Il ne faut pas longtemps avant que Bianchi demande si nous aimerions prononcer nos propres vœux l'un à l'autre. Je choque Journey ainsi que Delaney lorsque je dis oui.

« Moi, Nico Donotello, je t'emmène, Journey Hayes, pour t'aimer et te chérir, pour te protéger jusqu'aux extrémités de cette terre, revenant toujours vers toi à partir de ce jour. » Elle a les larmes aux yeux en entendant les mots que je veux dire pour mon âme. Je donnerais ma vie pour Journey, je traverserais le feu et j'éliminerais quiconque essaierait de se mettre en travers de mon chemin.

« Nico. » La main droite de Journey se porte à sa bouche, choquée par mes mots. Je sors la bague de ma poche, la regardant pendant que je glisse la bague de fiançailles sur son doigt. Elle est parfaite, elle n'accroche pas une phalange, elle n'est ni trop petite ni trop grande. Parfaite, tout comme Journey. « Je n'ai même pas de bague pour toi. » Elle a l'air triste à ce sujet.

« Si tu veux que je porte ta bague, nous ferons en sorte que cela se produise. Aujourd'hui. »

« Je veux ça. Tellement. » Mon pouce essuie la larme.

« Journey, aimerais-tu dire quelques mots à Nico ? » demande le prêtre. Je n'ai pas dit les miens pour qu'elle soit mise sur la sellette. Ce connard va m'énerver s'il fait pleurer Journey.

« Je le fais. Donne-moi une seconde pour me ressaisir. » Ma main enveloppe son cou. Je frotte mon pouce le long de sa joue, la regardant rassembler ses pensées et prononcer ses vœux. « Moi, Journey Hayes, je te prends, Nico Donotello, pour être mon mari, pour t'aimer et te tenir, pour t'honorer et t'obéir à partir de ce jour. » Un sourire narquois se dessine sur mes lèvres tandis que je regarde ses yeux se dilater pendant qu'elle prononce ces mots. Ma bite dure qui s'est finalement calmée se redresse, une circonstance malheureuse vu où nous sommes.

Le prêtre Bianchi prend le moment pour dire : « Par les pouvoirs qui m'ont été conférés, l'État du Nevada et l'Église catholique Saint-Joseph, je vous déclare maintenant mari et femme. Vous pouvez embrasser la mariée. » Les yeux de Journey se ferment. Mes lèvres se déplacent vers les siennes, et je les prends avec acharnement, lui montrant ainsi qu'à tout le monde autour de nous exactement ce dont nous avons besoin l'un de l'autre.

Chapitre 16

Journey

Je n'avais aucune idée, après la cérémonie de mariage qui s'était déroulée à toute vitesse, qu'il était temps pour moi de faire ma grande apparition en tant qu'épouse de Nico. Nous avons reçu les félicitations de ma famille et de nos amis, Enzo faisant une apparition après. J'ai presque demandé pourquoi il n'était pas à la réception, mais j'ai vu le léger hochement de tête de Nico lorsque j'ai voulu dire quelque chose. Le sujet a été abandonné. Ensuite, il y a eu encore plus de champagne. J'ai bu quelques gorgées parce que j'avais déjà bu un verre avant la cérémonie, une sorte de toast de Celeste, ma future belle-sœur, qui est la meilleure dans tous les sens du terme. Elle s'intègre à notre famille comme une pièce de puzzle, donne du fil à retordre à Wylder et est une femme incroyable dans tous les sens du terme.

« Comment va Tyra ? » demandai-je à Celeste dans la cuisine tandis que mes yeux parcouraient l'écran de l'appareil photo, regardant les images qu'elle a prises de nous. Je note mentalement celles que je voudrais encadrer, celles qui ne fonctionneront pas et celles que j'enverrai par e-mail à mes parents pendant qu'ils sont en vacances à la montagne. Littéralement, un voyage de dernière minute qui les a poussés à réserver un vol pour le Montana. Wylder et moi avons plaisanté en disant qu'ils allaient acheter une maison là-bas et prendre leur retraite. Avant, ça ne me dérangeait pas. Maintenant, je n'en suis plus si sûre. Ils vont rater tellement de choses, comme aujourd'hui, les futurs enfants et bien plus encore.

« Eh, elle a ses bons jours et ses mauvais jours. J'essaie de lui organiser un rendez-vous, mais elle ne veut pas, elle dit qu'elle restera célibataire jusqu'à ce que Von soit adulte. C'est déjà assez difficile d'être co-parent avec Mace, un accro au travail, et elle ne peut pas imaginer faire appel à un parent bonus. » Je pose l'appareil photo, l'éteins et prends ma flûte de champagne pour prendre une autre gorgée.

« C'est dommage. Il semble que nos deux meilleurs amis ne recherchent rien. J'ai essayé de convaincre Delaney que lui et Pierre seraient un couple parfait. Il a refusé l'invitation avant que je puisse sortir tous les mots de ma bouche. » Je souffle un souffle d'air.

« Ils trouveront une solution ou nous les y obligerons », suggère Celeste. Wylder arrive derrière elle, le bras autour de ses épaules, et ils s'embrassent. Je n'aurais jamais pensé voir le jour où quelqu'un attraperait mon frère au lasso. Je suis contente que ce soit Celeste.

« Je boirai à ça. » Je prends une autre gorgée, finissant le champagne dans mon verre. Je ne veux plus en boire avec l'estomac vide. C'est tout ce dont j'aurais besoin pour ma nuit de noces, pour vénérer le trône de porcelaine alors que ce que je veux vraiment faire, c'est vénérer Nico, ou vice versa.

« À quoi buvez-vous tous les deux ? » demande Wylde.

« Rien de ce que nous allons te dire, mon frère », répondis-je avant que Celeste ne puisse le faire, la faisant rire. Wylder ne supporte pas de ne pas être au courant de la blague.

« Peu importe. Vous deux, les gloutons, vous êtes presque prêts ? » Je suis confus. Nico fait une apparition depuis le garage ; lui et Enzo étaient là-dedans en train de discuter, je suis sûr d'affaires dont je ne suis pas au courant.

« Que se passe-t-il ? » Je murmure à mon mari actuel alors qu'il se tient à côté de moi. Sa main glisse le long de ma cuisse extérieure jusqu'à ce qu'il la place dessus, le pouce glissant sous l'ourlet de ma robe.

« Enzo va prendre le Suburban. Nous avons réservé un dîner avec nos amis et notre famille à l'hôtel-casino Wylder's. La sécurité y est de premier ordre, donc tu peux te détendre et être toi-même. Après ça, ils feront leur propre truc. Ensuite, ce sera nous deux. C'est toi qui décides où nous allons et ce que nous faisons, en quelque sorte. » Nico me donne carte blanche. Une idée se forme dans ma tête après qu'il m'a donné le feu vert pendant nos vœux.

« Je pense que je te dois quelque chose d'important qui se portera sur un certain doigt d'une certaine main après nos vœux. » Je lève les sourcils vers lui. Nico a tout compris. Sa bague est à mon doigt, et je veux ma bague au sien, une sorte de déclaration. Je ne suis pas idiot. Nico Donotello est le sexe personnifié avec son apparence sombre, espiègle et musclée. Il s'habille comme l'homme d'affaires de la mafia qu'il est et attire les regards des femmes et des hommes. « Une bague pour toi. J'aimerais que ce soit notre premier arrêt, après, je me fiche de ce que nous ferons. Mais je sais que tu vas travailler demain et j'aimerais que tu le portes.

— Alors c'est ce que nous ferons. Nous prendrons peut-être un hôtel pour la nuit ou nous reviendrons à la maison. Nous verrons comment les choses se passent. Je m'enfonce davantage dans son corps, cherchant sa chaleur. Il y a une chose à laquelle je vais devoir m'habituer en restant chez Nico : sa climatisation bourdonne tout le temps, ce qui signifie que je vais mourir de froid ou que je porterai un pantalon de survêtement et des chaussettes, comme s'il neigeait à l'intérieur de la maison au lieu des 35 degrés qu'il fait dehors en ce moment.

— D'accord. Je frissonne, sentant la température fraîche baisser encore une fois. — Je vais aller chercher une veste avant de partir. Entre toi et Wylder, je vais mourir de froid. —

Elle est déjà près de la porte du garage, vita mia, répond Nico, prenant soin de moi d'une manière qui fait fondre mon cœur d'une autre manière.

— Oh, merci. Enzo apparaît, clés en main, et fait un signe de tête à Nico, lui faisant savoir qu'il est prêt quand nous le serons.

« Suburban est prêt. Allons chercher à manger. » Nico m'aide à me lever de mon tabouret. Je baisse ma robe, sentant la chaleur de son regard sur mes cuisses tandis qu'il me regarde le faire, sachant qu'il compte les heures avant de pouvoir arracher le tissu de mon corps.

Nous six – Nico, Wylder, Celeste, Delaney, Enzo et moi – nous dirigeons vers le garage. Enzo est devant avec Delaney, Celeste et Wylder occupent la rangée du fond, et Nico et moi sommes assis au milieu. Il me tire vers lui jusqu'à ce que je sois au milieu, avec son bras autour de mes épaules, mes doigts jouant avec les siens qui pendent librement. Aujourd'hui a été une course folle, quelque chose qui sortait d'un parc d'attractions, mes émotions montant en flèche puis retombant. À vrai dire, je pensais que Nico et moi aurions la soirée pour nous, mais ce n'est pas ce qui se passe alors qu'Enzo conduit. Des bavardages légers se produisent à l'avant, et il y a des bruits en arrière-plan que je refuse de tourner la tête pour voir ce qui se passe. Mon Dieu, mon frère pourrait me faire balancer mes cookies.

« Hé, Nico. » J'utilise mon autre main pour bloquer ma vue sur ce qui se passe sur la banquette arrière. J'aime mon frère, mais j'ai déjà failli les surprendre auparavant, et je ne veux pas voir ou visualiser ce qu'ils font maintenant.

« Ouais, Journey. » Il y a de l'amusement dans sa voix. Mon visage donne probablement l'impression que je ne suis pas impressionné.

« Si tu ne dis pas à ton meilleur ami d'arrêter de faire des bruits sexuels, ce soir ne se passera pas comme prévu. » C'est à ce moment-là que j'entends Wylder ricaner, Celeste le gifler et je réalise que ce petit connard a fait ça pour me faire frétiller.

« Je pense que la voie est libre. » Les lèvres de Nico se pressent contre les miennes, douces et sucrées. Le baiser est terminé avant même d'avoir pu commencer.

« Connards, vous tous. La prochaine fois que nous sortirons tous dîner, je vais exiger que ce soit dans des véhicules séparés. » Je me retourne, bougeant mon corps jusqu'à ce que mes jambes soient situées sur le siège, nichées dans le creux du corps de Nico. Le rire quittant sa poitrine me fait souffler d'agacement. C'est une bonne chose qu'il ne puisse pas voir le sourire sur mon visage, ou il rigolerait vraiment bien à mes dépens. Je ferme les yeux, me relaxant et m'imprégnant de ces moments de plus tôt dans la journée, quand nous avons prononcé nos vœux. Je crois que Nico et moi pouvons faire en sorte que cela fonctionne, que nous ayons quelques enfants et que nous vieillissions ensemble.

Chapitre 17

Nico

Je regarde Journey se promener sur le Strip de Vegas, insouciant et heureux après un repas partagé entre nous tous, après quoi notre groupe est parti peu de temps après. Il n'y avait que nous, avec la main de Journey dans la mienne, après avoir demandé à Enzo de conduire jusqu'à une bijouterie, où elle a choisi une bague pour moi à porter - une bague épaisse, de couleur platine. Elle me l'a glissé dès que le reçu a été signé. Le fait qu'elle ait refusé de me le laisser acheter m'a montré une autre facette d'elle, une facette que je verrai encore plus souvent à l'avenir, celle de la femme d'affaires indépendante qui ne supporte aucune connerie. Ouais, Journey va parfaitement s'intégrer dans le rôle de la femme d'un patron.

« Passe une bonne journée, vita mia ? » lui demandai-je alors que nous rentrions dans la maison. J'avais de grands projets pour faire de cette nuit de noces une nuit qu'elle n'oublierait pas. Une nuit dans un hôtel du Strip dans un penthouse avec vue sur les lumières de la ville. Ces plans ont été rapidement déjoués après qu'Enzo ait repéré quelques hommes de Petrov qui nous suivaient. Si j'avais été seule, je les aurais poursuivis au lieu de laisser mes hommes faire le sale boulot sans que je sois là à leurs côtés.

« Je l'ai fait. Peux-tu dénouer ma robe pour moi ? » Elle se retourna, montrant son dos nu avec deux ficelles qui maintenaient la robe ensemble. Sentir sa peau lisse tout l'après-midi et jusque tard dans la soirée était une pure torture. Savoir qu'elle était nue en dessous ne rendait cela que plus insupportable. Comment puis-je savoir qu'il n'y a pas de soutien-gorge ou de culotte en dessous ? Le soutien-gorge était une cible facile – sans bretelle. Et ses tétons rugueux lorsque nous sommes passés devant une bouche d'aération m'ont donné envie d'enlever ma veste de costume et de la draper sur ses épaules. Je l'ai fait plusieurs fois, surtout à une table de blackjack quand nous sommes restés plus de quelques minutes.

« Bien sûr. » Je tire sur la ficelle. Quand Journey baisse les bras, la confiserie blanche tombe au sol, et mes yeux se posent sur ce que je soupçonnais et ressentais depuis le début lorsque mon doigt effleurait sa peau dans le bas de son dos.

« Gesù Cristo. » Jésus Christ. C'est une œuvre d'art. Les artistes pleureraient de peindre un portrait de Journey comme ça, avec sa robe à ses pieds, des talons accentuant ses jambes et son cul. Le besoin de la pencher sur le lit, d'écarter ses jambes et d'enfouir ma bouche entre les joues de son cul, la léchant du clitoris au cul, me consume.

« Nico. » Mes yeux quittent son cul quand elle prononce mon nom d'une manière à laquelle je suis trop habitué, imprégnée de passion. « Nico », répète-t-elle, me sortant de la transe dans laquelle sa beauté m'a plongée. Ses cheveux tombent de leur fermoir lâche, et ses yeux sont charbonneux, teintés de désir alors qu'elle cambre le dos en parlant par-dessus son épaule.

« Reste comme ça pour moi. » Je fais un pas en arrière et retire ma veste de costume de mon corps avant d'aller chercher les boutons de manchette, les laissant également tomber par terre. Ma chemise est la suivante, mes chaussures en cuir italien ont disparu, puis je me penche pour retirer mes chaussettes, ne me laissant que mon pantalon de costume et ma ceinture. Je déboucle ma ceinture tandis que je regarde Journey prendre une profonde inspiration, l'excitation bourdonnant sur son corps. « Tu aimes l'idée que j'utilise ma ceinture. La question est, est-ce que tu la veux autour de tes poignets, ou dois-je l'utiliser sur tes fesses, le cuir piquant à chaque coup de ceinture ? » Elle a déjà senti la piqûre de ma main sur ses fesses, mais jamais rien de plus, et ne le fera probablement jamais non plus, mais utiliser ma ceinture pour envelopper ses magnifiques poignets, la rendant vulnérable pendant que je prends mon temps avec elle ? Putain, oui.

« Tu t'attends à ce que je réponde avec un cerveau pleinement fonctionnel ? » rétorque-t-elle en sortant de la pile de vêtements tombée à ses pieds.

« Alors je suppose que c'est mon choix. Vu que tu n'as pas pu m'écouter, je vais faire mieux. Les mains dans le dos, Journey. » Je fais glisser la ceinture hors de mes boucles, la regardant serrer ses mains ensemble, comme pour une poignée de main. Il ne me faut pas longtemps pour enrouler ses poignets dans son dos, puis me déplacer jusqu'à ce que je sois devant elle. Mes yeux balayent les siens. Ses pupilles se dilatent, signe que je sais trop bien ce qu'elle devient quand je prends le contrôle. Les pointes de ses tétons sont assez dures pour tailler des diamants. J'ai l'eau à la bouche de les goûter ; c'est pour plus tard, cependant. Pour l'instant, ce sera Journey qui utilisera sa langue et sa bouche méchantes sur ma longueur. La douceur de son ventre, ses hanches s'évasant avant de retomber en arrière, attire mon regard vers la chair nue entre ses jambes qui dégouline de désir.

« S'il te plaît », marmonne-t-elle. Je ne sais pas trop pourquoi elle utilise ce mot de six lettres, je me mordille l'intérieur de la lèvre, sachant exactement ce que nous voulons tous les deux. Mes mains commencent par sa taille et remontent, faisant glisser le bout de mes doigts jusqu'à ses épaules.

« Je te veux à genoux, ta jolie bouche enroulée autour de ma bite. » Je la guide vers le bas. Elle y va volontiers, ma femme. Putain, utiliser ce mot me rend plus fier que je ne devrais l'être, mais voir Journey se soumettre à moi si volontiers, c'est quelque chose dont je prendrai toujours soin.

« Oui. » Sa langue râpe le long de la couture de sa bouche, montrant l'excitation grandissante à l'idée qu'elle obtiendra ce qu'elle voulait la nuit dernière mais n'a jamais eu.

« Tu vas me tuer. » Mes doigts retournent le bouton de mon pantalon, puis la fermeture éclair descend. Ma bite est prête, et Journey n'hésite pas même avec ses mains derrière son dos. Elle baisse la tête, sa langue effleurant la tête de ma longueur, recueillant l'humidité là-bas et l'amenant dans sa bouche. Mes yeux se ferment de ravissement. Mes doigts glissent dans ses cheveux, les épingles se détachant sous eux alors que je guide sa bouche vers ma bite. Elle travaille avidement sa bouche sur moi, ses joues se creusant et se dilatant à chaque poussée de mes hanches. La bouche chaude et humide de Journey suce ma bite comme si sa vie en dépendait. À vrai dire, je ne sais pas combien de temps je pourrai encore tenir. Je m'enfonce plus profondément dans sa gorge. Son gémissement vibre le long de ma bite, et c'est tout ce qu'il faut. Je lui giclais mon sperme dans la bouche, et la femme gourmande qu'elle était l'avalait, et même quand j'avais fini de jouir, Journey allait encore plus loin, léchant ma longueur pour s'assurer qu'elle l'avait bien reçue.

« Putain, Journey, je crois que tu as sorti mon âme de mon corps. » Je me reprenais, l'aidant déjà à se relever. « Tu vas bien ? » demandai-je, m'inquiétant de ses mains attachées dans le dos. « Je vais

bien. J'ai désespérément besoin de toi, mais pas de picotements ni d'engourdissements. » Elle pressa ses jambes l'une contre l'autre, les faisant glisser d'avant en arrière en essayant de gagner en friction pour apaiser le besoin construit en elle à force de me sucer.

« Je suppose que c'est mon tour de faire jouir ma femme, alors. » Je retirais mon pantalon de mes pieds et marchais autour d'elle jusqu'à ce que mon devant rencontre son dos, la déplaçant vers le lit, ma bite déjà dure à nouveau. « Penche-toi, vita mia. Il est temps que je prenne soin de toi. » Et je vais le faire en commençant par ma bouche, lui rendant la pareille d'une manière qui mettra le feu à son monde.

Chapitre 18

JOURNÉE

Aujourd'hui est l'un de ces jours où rien ne va. Je veux dire, je devrais être au sommet du monde. Le bonheur conjugal est un euphémisme. Ce n'est pas ce qui m'énerve ce matin. Si quelque chose pouvait mal se passer, c'est bien le cas : des packages promotionnels manquants, des contrats manquants qui doivent être vérifiés mais ne le sont pas, et le mal de tête qui se glisse derrière mes yeux n'aide pas. La seule grâce salvatrice est que Nico est à la maison tous les soirs quand je rentre du travail à mon appartement et me réveille d'une manière qui garantit un bon début de journée. Enfin, il aurait dû, sauf le désordre auquel je suis confronté.

« Et si on laissait ça et qu'on s'en occupait plus tard, ou je peux les déposer chez l'avocat pour toi ? » Hendrix est mon assistante personnelle et ma bouée de sauvetage qui me permet de rester semi-organisée, ce qui n'est pas de sa faute. Peu importe le nombre de listes qu'elle tient ou de SMS qu'elle envoie, je suis toujours dans mon propre monde. Le côté créatif en moi fout vraiment ma vie en l'air.

« Avocat, sans aucun doute. Sinon, je demanderai à Wylder ou à Nico de les examiner. Ce ne sont pas des contrats ordinaires », lui dis-je en me levant de ma place dans la cuisine, que j'utilise comme bureau de fortune lorsque nous avons tous les deux faim. Aujourd'hui, j'ai déjà eu deux appels Zoom, l'un pour un produit qui est encore en phase de planification et sur lequel ils ont demandé mon avis. Il va falloir l'utiliser régulièrement pendant au moins trois mois pour s'assurer que le produit est efficace, et j'en fais la promotion sur Instalook. C'est peut-être exagéré, mais c'est qui je suis. Je ne diffuserai jamais volontairement quelque chose dont je ne pense pas qu'il fonctionnera réellement. Dans l'autre contrat, il y a une clause sur le contrôle de ce que je peux publier sur Instalook pendant la campagne pendant trois mois après. Avoir une autre paire d'yeux pour le regarder ne ferait peut-être pas de mal, mais je suis presque sûr que la réponse à ce contrat est non.

« Très vrai. Si quelqu'un peut lire entre les lignes, ce sont ces deux-là. » Hendrix hoche la tête et prend une gorgée de son smoothie. Comment elle vit de ça pour le déjeuner, je ne comprendrai jamais. Je préfère un sandwich avec tous les accompagnements et des chips à côté, arrosé d'une boisson énergisante. Est-ce sain ? Probablement pas. C'est aussi pour ça que je cours tous les matins, ce qui n'est pas arrivé ces derniers jours.

« Alors, dis-moi, maintenant que je ne suis plus sur le marché, des rendez-vous galants en ce moment ? » je demande, voyant que la majorité de notre travail est fait pour la journée, après avoir filmé un essayage plus tôt, un tutoriel de maquillage à publier demain, et étant au point mort puisque les colis sont actuellement portés disparus. « Tu sais, puisque je suis actuellement une femme mariée et que je ne cherche officiellement pas. »

« La vie amoureuse est folle. Je suis sur cette nouvelle application de rencontre, mais je jure qu'en réalité, aller à un rendez-vous peut avoir quatre chances sur dix. Les excuses volent par la fenêtre le jour de la sortie, ou ils vous fantôment. Genre, c'est quoi ce bordel ? Invente une excuse, comme si ton serpent de compagnie était mort, mais se taire ? Des conneries. Ce ne sont que des conneries. Et écoute, Journey, ça fait longtemps que tu n'es plus sur le marché. Tu étais peut-être inconsciente, mais personne n'est vraiment surpris que toi et Nico vous vous soyez enfuis. » Elle lève les yeux au ciel à la fin.

« Attends une seconde, les mecs font ça ? » Avant Nico, je n'étais pas vraiment intéressée par les rencontres. Développer mon entreprise était le nom du jeu. De plus, il y avait des histoires d'horreur absolues de la part d'autres influenceurs des médias sociaux selon lesquelles les hommes ne restaient avec elles que pour leur argent, et une fois le puits tari, ils les laissaient tomber à plat ventre, emportant généralement la moitié de l'argent avec eux. Non merci.

« Ils le font, plus souvent qu'on ne le pense. Je vais probablement abandonner bientôt. Peut-être que je suis juste destinée à être une maman Golden Retriever. » Elle prend une autre gorgée de son smoothie en haussant les épaules.

« Ok, mais dis-moi autre chose : comment as-tu su que Nico et moi étions une chose ? Nous n'en avons parlé à personne, hormis aux membres de la famille proche.

« Eh bien, c'est un peu difficile pour moi de ne pas savoir, vu que j'ai ton téléphone la plupart du temps, que je planifie ta journée et que je vis pratiquement ici. » Quand elle le dit comme ça, je suppose qu'elle a raison.

« C'est vrai. Nous essayions de garder les choses secrètes, et puis, eh bien, tu sais ce qui s'est passé le week-end dernier. » Il n'y avait aucun moyen de l'empêcher de se répandre sur les réseaux sociaux une fois que c'est arrivé, et certains magazines ont mis la main sur des photos plus tard dans la soirée. Delaney s'en est occupée, ayant des amis dans le milieu et sachant que nous avions besoin qu'elles soient divulguées. Et quelle meilleure façon de contrôler les médias que de livrer l'histoire en main propre ?

« Je dirais. La robe t'allait à merveille. Nico n'était pas trop mal lui-même. Vous êtes le couple de pouvoir ultime. » Nous nous levons du bar de la cuisine, nous jetons tous les deux nos déchets.

« Merci. Malheureusement, ce ne sera pas le seul mariage. Une fois que nos parents seront de retour en ville, entre ma mère et celle de Nico, ce sera absolument tout ce que je ne veux pas. C'est pourquoi je suis contente que nous ayons fait les choses comme nous l'avons fait, en petit comité et en toute intimité. Je suis sûre que la prochaine aura plus de trois cents invités dans une église, suivie d'une réception encore plus longue. » Cela fait partie du métier, et même si j'adorerai à nouveau marcher dans l'allée vers Nico, je pourrais me passer de fanfare.

« Vous savez, nous pourrions documenter le processus. Pas beaucoup, surtout à cause des coûts, mais certainement une partie.

Peut-être donner des conseils sur la façon de couper les coins ronds pour économiser de l'argent ici et là, ou nous pourrions faire une option dépenser plutôt que faire des folies pour du nouveau contenu. » C'est pourquoi j'aime Hendrix ; elle est le beurre de cacahuète de ma gelée.

« Cela fonctionnera parfaitement, et les mamans pourront aussi y participer. Bon, chickadee, aujourd'hui n'a pas été très amusant, mais il n'y a rien d'autre à faire. Je pense que nous pouvons rentrer à la maison pour la journée. » Avoir une journée tôt est rare pour nous deux. C'est généralement aller, aller, aller depuis le moment où nous arrivons jusqu'au coucher du soleil.

« Tôt le matin avec déjeuner. Je vais prendre ce cadeau. Je pense que je vais rentrer à la maison, me changer, prendre Jolene et l'emmener faire une belle randonnée. Peut-être qu'alors elle n'essaiera pas de manger mes chaussures. » Jolene est le Golden Retriever d'Hendrix, elle a un peu plus d'un an, mais elle est une mâcheuse et une voleuse de culottes. Tout est permis quand il s'agit de son chien. Au début, Hendrix l'amenait ici pendant la journée, mais comme elle a grandi, nous avons dû soit la mettre dans une cage, soit elle mâchait les paquets. Elle a donc pris la décision de la garder à la maison et de faire venir un promeneur de chiens deux fois par jour pour la laisser sortir et jouer un peu avec Jolene.

« Prends-la et cours parce que ce ne sera peut-être pas comme ça la semaine prochaine. » Surtout si les mystérieux colis arrivent.

« Je suis d'accord avec tout ce que je veux. Verrouillons cet endroit et rentrons à la maison. » Elle fait ça pendant que j'envoie un message à Enzo pour lui dire que je suis prête à rentrer à la maison. J'ai une toute nouvelle routine, celle d'être conduite à l'aller et au retour. On pourrait penser que j'aimerais ça, mais c'est loin d'être le cas. Je regrette de conduire ma voiture avec la musique à fond, les vitres baissées et de décompresser. Apparemment, quand on devient la femme d'un patron, ça passe par la fenêtre et Enzo s'occupe de vous et viendra me chercher et m'emmènera où bon vous semble. Le seul moment où je ne suis pas surveillée, c'est ici, dans mon appartement, enfin, j'en suis consciente, clairement. Il me faudra franchir quelques obstacles avant de m'habituer à la façon dont les choses sont censées se passer.

Chapitre 19

Nico

J'entre dans notre chambre. L'heure sur mon téléphone m'indique qu'il est bien plus d'une heure du matin, et je viens juste de rentrer à la maison tout en terminant un autre appel téléphonique, une piste inutile encore une fois avec toute cette merde qui implique les Russes et Petrov. Plus tôt dans la soirée, un de ses complices a été surpris en train de distribuer de l'ecstasy dans l'un de nos clubs. Je ne dis pas que les gens ne peuvent pas faire leur propre truc de manière récréative, mais vendre dans les clubs que nous possédons ? Au diable ça. Pas sans payer, et les Russes n'ont pas ce contrat, en plus du fait que les gars avec qui nous travaillons ont un contrat contraignant où rien d'autre n'est glissé dans l'ecstasy qu'ils distribuent. Un problème, et ils savent que nous allons tout débrancher. L'attention que les Russes pourraient nous donner signifierait aussi que les flics nous soufflent dans le dos. Peu importe que nous les ayons dans notre liste de paie. Il y a certaines choses qu'ils ne peuvent pas fermer les yeux, et la mort de gens le garantirait certainement.

Je suis arrêtée net ; toutes les lumières de la maison sont éteintes, sauf une. Sur le côté de notre chambre se trouve un coin salon. Un endroit que Journey a fait sien, quelques magazines et livres empilés les uns sur les autres. « Elle a laissé une lumière allumée », murmurai-je doucement dans la pièce. Elle l'a fait dans son appartement et fait la même chose ici depuis qu'elle est ici avec moi. Pourquoi je parviens enfin à comprendre toutes les petites choses qu'elle fait pour moi dans ma tête épaisse, je ne sais pas trop. Tout ce que je sais, c'est qu'il n'y a pas une seule personne qui pourrait me prendre Journey, pas même moi.

Cette situation est complètement merdique. Cela fait deux semaines que Journey et moi avons échangé nos vœux. Mes parents doivent rentrer ce week-end, ce qui signifie un dîner chez eux après avoir déjà fait la même chose chez les Hayes plus tôt cette semaine. J'ai aussi merdé là-dessus, semble-t-il, en me présentant sans ma femme et en la rencontrant là-bas. Ce n'était pas la meilleure impression, même si Danny et Karen me connaissaient déjà depuis des années. Journey leur a dit que ça marchait mieux pour nous puisque nous travaillions tous les deux et que c'était le milieu de la semaine. Cela n'a toujours pas aidé la culpabilité que je porte en moi et que je continue de porter alors que je me glisse dans mon lit à côté de ma femme pour la quatrième fois cette semaine alors qu'elle dort. Petrov marche toujours dans la rue, les menaces sont de plus en plus grandes et les hommes qui ont été capturés le jour de notre mariage n'étaient que des messagers. C'est une honte, aussi. Jeunes et stupides, prêts à faire de l'argent rapidement. Ils étaient remplaçables comme tous les autres hommes que nous avons rencontrés. Je dois admettre une chose à Petrov : c'est un petit connard insaisissable. Peu importe ce que nous avons fait, je n'arrive même pas à le convaincre de s'asseoir avec moi, de me rencontrer comme un vrai homme. La seule chose qui me calme et me dissuade de vouloir détruire cette ville après les menaces qu'il m'envoie, qui s'intensifient, c'est de savoir que Journey dormira à mes côtés. Certaines de ces menaces sont trop proches du réconfort. Cela arrive avec des membres de ma famille, et même un mot a été laissé sur mon SUV plus tôt dans la journée. Personne ne l'a vu, même quand nous avons fait installer les caméras de sécurité. Celui qu'il a payé a fait un sacré boulot pour les éviter.

Je retire mes vêtements et soulève la couette pour me glisser à côté de ma femme, la prenant dans mes bras, mes mains passant sous le haut et le bas en soie qu'elle portait quand je n'étais pas à la maison. Inutile de dire que la climatisation est mise en marche jusqu'à ce que je rentre à la maison, mais qu'elle baisse le volume. C'est un bon compromis pour elle, ne pas porter le sweat-shirt et le pantalon de survêtement qu'elle portait avant.

« Nico », murmure-t-elle. Je suis un connard, profitant de la douceur de son ton, de la façon dont elle se donne complètement à moi alors que je suis celui qui travaille nuit et jour. Je suis debout et déjà au travail avant qu'elle ne se lève, et je ne rentre à la maison que bien après qu'elle soit au lit, mais chaque nuit, comme sur des roulettes, quand je la tends comme je le fais ce soir, elle me donne ce dont j'ai besoin.

« J'ai besoin de toi, vita mia. » Elle lève les bras pour que je retire le haut et l'éloigne avant de s'attaquer à son bas. La chair de poule caresse sa peau tandis que je la touche de toutes les manières possibles, ayant besoin d'elle, ayant besoin de savoir qu'elle est réelle, se tordant sous mon corps. Je contrôle la façon dont elle me répond, et je sais qu'elle n'a aucun problème à me le donner.

« Tu m'as, tout de moi, toujours. » Je me glisse entre ses jambes, ne la retenant pas en place, lui permettant de me toucher comme je la touche. « Laisse-moi me mettre dessus ce soir. » Il ne faut qu'un seul mouvement fluide de nos corps, et mon dos rencontre le matelas, les mains sur ses hanches. La main de Journey saisit ma bite. Un sifflement me quitte, ressentant la quantité de plaisir d'un mouvement de sa paume jusqu'à ce qu'elle place ma longueur à son entrée.

« Putain. » Je regarde sa chatte glisser le long de ma bite, se resserrant alors qu'elle tombe, me prenant tout le chemin à l'intérieur. « Ti penso ogni giorno. » Je pense à toi tous les jours, je lui dis honnêtement, complètement pris par elle. Mes mains caressent ses seins, mes pouces grattent ses tétons, sa tête penchée en arrière alors qu'elle utilise le haut de mes cuisses comme levier pendant qu'elle baise ma bite. Tout le stress, l'inquiétude constante, tout s'envole alors que je me perds en elle.

Chapitre 20

Voyage

Trois Semaines Plus Tard

On passe dans le vent, enfin, vraiment la nuit. On revient à l'époque où Nico appelle à nouveau tard la nuit. Seulement ici au milieu de la nuit, à peine à appeler ou à envoyer des textos, et dans les rares moments où il est à la maison quand je suis réveillée, la conversation est guindée. J'ai essayé d'en parler, mais à chaque fois que je commence à dire quelque chose, son stupide téléphone sonne et il m'embrasse, me laissant sans souffle. Je jure que si je pouvais mettre la main sur son téléphone, je le jetterais par terre et le piétinerais jusqu'à ce qu'il se désintègre en tout petits morceaux.

"Chéri, pourquoi ne pas aller déjeuner ?" demande Delaney à l'autre bout du fil. Je n'ai aucune idée de ce dont nous parlons, je suis perdue dans la façon dont notre mariage s'effondre et j'essaie de comprendre quoi faire. Entre mon travail, son travail et la planification d'un mariage que je ne voulais pas au départ, je suis sur le point de jeter l'éponge.

« J'aimerais bien, mais je ne peux pas. Demain ? » Je suis tellement absorbée par mes propres sentiments que la compagnie est la dernière chose dont j'ai besoin.

« Oui, tu me dis quand, et je serai là. Les choses iront mieux après que tu auras pleuré sur mon épaule. » Mon Dieu, mon meilleur ami est le meilleur.

« Je t'aime, Delaney, ne l'oublie jamais, et si tu as du temps entre deux clients, nous déjeunerons ensemble. Aujourd'hui, je dois m'occuper de quelques affaires urgentes. » Principalement mon mari, qui a encore une fois disparu. J'ai été patiente, et je pense que ma patience en a assez. Je suis plus qu'une poupée sexuelle avec laquelle il peut jouir, s'endormir à côté, puis partir, comme si mes sentiments ne signifiaient absolument rien pour lui.

« Tu me dis un endroit et une heure, je serai là », répète-t-il. L'ouverture de la porte du garage m'avertit que soit Enzo est de retour, soit Nico, même si c'est très peu probable. Connaissant mon mari, il ne rentrera pas avant minuit. Ce soir, les choses vont cependant être différentes. Je me détourne de lui, invoque l'excuse des règles, ce qui n'est pas si faux que ça, vu que je suis à quelques jours de commencer et c'est probablement aussi la raison pour laquelle je suis à cran.

« Ça a l'air bien. Je t'appellerai demain matin et nous fixerons une date. »

« Je t'aime, ma fille. Les choses s'amélioreront. » Je ne vois pas ce qui se passe, préférant lui parler en face à face des problèmes auxquels je suis confrontée, car, vous savez, je ne peux pas le dire à mon mari.

« Je t'aime. À bientôt. » Je raccroche le téléphone, le pose sur le comptoir et me mets à chercher quelque chose pour le dîner. En supposant que je serai à nouveau seule ce soir, je sors l'un des plats cuisinés à la maison qui sont presque prêts, en plus du hachage minimal de légumes, d'herbes et autres choses du genre.

« Hmm, que prendre ? Des mini-burgers ou des gnocchis », dis-je à la maison vide qui est devenue mon foyer. Utiliser mon appartement comme bureau fonctionne vraiment, et c'est une meilleure déduction fiscale tout en servant de plan de secours, un plan qui pourrait bientôt être nécessaire. J'ai la tête dans le réfrigérateur, ce qui signifie que je ne fais pas attention à l'alarme qui bipe quand quelqu'un entre, un danger qui vient avec le territoire car cette maison est comme un grand magasin. Les gars entrent et sortent, vérifient les portes et les fenêtres avant de partir, ou si Enzo a besoin de quelque chose du bureau à domicile de Nico, il le fait aussi. Je commence à me sentir comme un meuble, et ça commence vraiment à m'énerver.

« Tu fais des gnocchis avec autre chose que du grattage, et tu rendras un mauvais service à toute la famille, vita mia. » Je ne m'éloigne pas du réfrigérateur, utilisant l'air frais pour calmer la colère qui monte en moi, menaçant de déborder, et s'il n'arrête pas de parler, je vais lui jeter les gnocchis à la tête. « Tu ne vas pas dire bonjour à ton mari ? »

Ouais, je vais le faire. Mon Dieu, il me réduit à la violence avec sa façon d'agir comme si tout allait bien.

« Ce sont des gnocchis », dis-je à voix basse, attrapant le sac en papier qui contient les ingrédients dont j'ai besoin avant de me retourner et de fermer le réfrigérateur à double porte avec ma hanche. Un peu exagéré pour une personne, enfin, maintenant pour deux. Je reste silencieuse pendant que je le regarde, m'efforçant de ne pas pleurer sur le fait que notre mariage pourrait signifier si peu qu'il ne puisse pas voir le problème sous ses yeux. Cela fait des semaines qu'il n'est pas rentré à la maison à la lumière du jour. Certainement, Nico n'est pas si stupide que ça. Il porte un costume classique et une cravate, et ses cheveux semblent tout juste coupés, sa barbe taillée à la perfection. Nico ressemble à son moi normal de tous les jours, à l'exception des cernes sous ses yeux. Je devrais être compréhensive envers lui, et je le serais, s'il me laissait entrer ne serait-ce qu'un tout petit peu. Je ne demande pas à savoir ce qui se passe à chaque instant de chaque jour.

« Voyage. » Je le regarde s'approcher de moi, ma main se levant pour l'arrêter.

— Non, pas maintenant. Je ne peux pas faire ça. Depuis des semaines, Nico, ça fait trois semaines que j'essaie de te parler. Je t'attends, je tente de me lever plus tôt pour te voir, et à chaque fois, tu te fermes. Alors, je vais faire ces putains de gnocchis parce que j'ai faim, puis je vais prendre un bain et me coucher. Je jette un dernier regard à l'homme qui me possède complètement, de toutes les profondeurs de mon être. Pour l'instant, cependant, il n'est plus l'homme que j'ai connu, l'homme que j'ai épousé. Il n'en est plus que l'ombre aujourd'hui. Je le connais ; ce n'est qu'une question de temps avant qu'il ne cesse de garder ses distances. La façon dont il le fait en ce moment est un choc. Je vois la mâchoire serrée, presque comme s'il serrait les dents l'une contre l'autre, les mains serrées puis relâchées. Mais je ne vais pas le voir. Je tourne le dos et je décharge le sac.

— Vita mia, laisse-moi arranger ça. Il y a un désespoir dans sa voix, un désespoir que j'entends seulement quand il me prend au milieu de la nuit, tous les deux perdus dans les affres de la passion.

« Je ne sais pas si tu peux. » Mes épaules s'affaissent de défaite. Nico profite de ce temps pour venir se placer derrière moi, sans me toucher. Au lieu de cela, il plane là, attendant la permission. L'homme qui domine mon corps au lit est inquiet en ce moment. Cela me montre qu'il sait que des erreurs ont été commises. La seule chose sur laquelle je compte, c'est sa volonté de réparer les choses.

« Je le ferai, Journey, crois-moi, je le ferai. » Son téléphone choisit ce moment pour sonner. S'il te plaît, ne réponds pas, s'il te plaît, ne réponds pas, je chante dans ma tête. Il répond cependant, détruisant tous les espoirs et rêves que j'aurais pu avoir.

Chapitre 21

Nico

« Quoi ? » Je réponds au téléphone, énervée que cette putain de chose n'ait pas encore arrêté de sonner, même quand j'ai dit aux gars que ce soir était interdit. Journey se tient debout devant le poêle, les épaules tremblantes, et moi je suis là, ignorant tous les signes de briser son cœur à cause d'un homme, un homme puissant qui continue de nous glisser entre les doigts.

« Patron, je sais que tu es en congé ce soir, mais tu dois voir ça », me dit Angelo, un autre membre de la famille, à l'autre bout du fil. Enzo prend quelques heures de congé après avoir travaillé toute la journée et toute la nuit, ce qui me laisse répondre au téléphone. C'est une connerie. Les choses vont devoir changer rapidement.

« Où ? » Mon humeur ne tient plus qu'à un fil, ce qui me pousse à répondre en un mot.

« Le restaurant a quelqu'un que tu vas vouloir interroger. » Je sors de la cuisine, ne voulant pas que Journey entende le reste de cette conversation. Cela me fait mal de m'éloigner de la femme à laquelle je pense constamment, essayant de la sauver du putain de Russe qui a un faible non seulement pour mon territoire mais aussi pour ma femme.

« Tu es en sécurité ? » je demande avant de poursuivre la conversation. Je n'ai pas prêté attention au numéro qui est apparu sur mon écran quand Angelo a appelé pour la première fois. Cela n'aurait pas eu d'importance de toute façon ; la seule chose que j'essayais de faire était d'accélérer la conversation, et visiblement, ce n'est pas le cas.

« Oui, patron », répond-il.

« Bien, dis-moi ce que tu as, et fais-le vite avant que ma femme ne brûle la putain de maison », je grogne. Journey n'est pas vraiment un cuisinier, ne l'a jamais été, et au rythme où vont nos vies, il ne le sera probablement jamais non plus. C'est pourquoi je m'assure que Lucia, la femme de ménage, s'assure qu'il y a de la nourriture dans le réfrigérateur qui est facile à mettre au four pour la réchauffer, sinon ma mère viendra et apportera de la nourriture par camion.

« Des ennuis au paradis. Je me souviens de cette époque. Suivez mon conseil : excusez-vous. Peu importe que vous ayez fait quelque chose de mal ou non, l'orgueil n'a pas sa place dans un mariage », propose Angelo avant de poursuivre sur le sujet pour lequel il m'a appelé au départ. « Quoi qu'il en soit, je n'ai pas eu le bras droit, mais quelqu'un de meilleur que nous avons toujours eu. Il est à l'arrière en ce moment, refusant de parler. Je pense qu'il le fera pour vous. » Heureusement qu'Angelo a été bref et n'est pas entré dans les détails, quelque chose qui nous a été inculqué dès le plus jeune âge. Dernièrement, cependant, il semble que les gens se soient relâchés sur beaucoup de choses. Au rythme où vont les choses, la seule chose solide que nous ayons, c'est le blanchiment de notre argent grâce à l'hôtel et au casino de Wylder.

« J'appelle Enzo maintenant. À bientôt. » Je raccroche le téléphone en retournant vers la cuisine. Angelo a raison. Journey mérite des excuses. Merde, elle mérite dix fois plus que ça, et je vais lui donner tout ça et plus encore après avoir vu qui Angelo a dans notre restaurant famiglia. Nous avons des entrepôts, mais ce n'est pas là que nous aimons jouer. Nous préférons l'arrière du vrai bâtiment de style italien fait maison, les odeurs d'ail et de sauce mijotant en arrière-plan, la musique couvrant ce qui doit l'être lorsque nous les emmenons dans un endroit qui ressemble à une zone de boucherie. Et une fois que j'aurai mis la main sur Petrov, c'est exactement ce que je ferai, en utilisant le couperet pour lui couper chacun des doigts un par un jusqu'à ce qu'il ne soit plus capable d'écrire ou de taper ses notes malades et démentes qu'il laisse partout en ville. Ensuite, je lui couperai la langue, en prenant le temps de la dentelures, vu qu'il ne sait pas être un vrai homme et m'asseoir pour une réunion. C'est le moins que je puisse faire. Je ne m'arrêterai pas tant qu'il ne saignera pas, inconscient. Ce n'est qu'alors que je l'emmènerai dans le désert, une zone qui nous appartient et où personne ne surveille nos allées et venues. Une société écran est sur les papiers. Je creuserai un trou toute seule et l'enterrerai dans une tombe peu profonde, laissant sa tête hors du sable. Les vautours feront leur travail, le réveillant pour lui arracher les yeux. Une façon cruelle de mourir, mais si je fous en l'air ce qui m'appartient, mi famiglia me baise plus fort à chaque fois.

« Journey, je m'en vais. Je ne devrais pas prendre longtemps, et après on parlera, d'accord ? » Mes yeux sont collés au téléphone pendant que je fais défiler la page jusqu'à ce que je trouve le numéro d'Enzo. Je n'ai jamais enregistré aucun des noms parce qu'on ne sait jamais avec qui ou où notre téléphone finira à un moment donné.

« Journey ? » je demande à nouveau, le téléphone à l'oreille, en regardant la cuisine. Il n'y a rien là-bas ; les comptoirs sont propres, les gnocchis qu'elle préparait sont rangés. Il n'y a pas une seule trace de ma femme.

« Patron », répond Enzo à mon oreille, l'air aussi fatigué que moi.

« Il est temps d'y aller. Retrouve-moi dans le garage. » Je fais le tour, regarde dans le salon, la salle de bain du bas qu'elle utilise quand elle est ici, et vérifie même la buanderie. Il n'y a toujours aucun signe de Journey. Je retourne dans la cuisine, où je vois un morceau de papier sur le comptoir. Mon estomac se serre en pensant que Petrov ou l'un de ses hommes est entré ici, où Journey aurait pu être emmené sans que je ne sois au courant.

Je prends le mot, vois qu'il est écrit de la main de Journey, et pousse un soupir de soulagement, jusqu'à ce que je le lise.

Nico,

je ne peux pas faire ça avec toi maintenant. C'est la même chose tous les jours. Rien ne changera jamais. J'ai été stupide de penser que ce mariage fonctionnerait. Puisque tu travailles ce soir, autant que je le fasse aussi. Avec

tout mon amour,

Journey

« Jésus Christ, viens ici et appelle quelqu'un pour Journey. Elle est dans son appartement », j'ordonne au téléphone avant d'appuyer sur le bouton « raccrocher » et de mettre le mot dans ma poche, sachant que je vais devoir arranger les choses. Ce soir. Après avoir bu quelque chose pour calmer la tempête qui tourbillonne en moi et m'être occupé de ce putain de Petrov et de ses hommes qu'il met en gage pour son sale boulot.

Chapitre 22

Journey

« Je ne sais pas, Delaney. Je suis presque sûr que c'est fini avant même d'avoir vraiment commencé. » J'ai réussi à retourner à mon appartement. Je n'avais rien à faire pour le travail, mais je cherchais désespérément un endroit où m'évader. La maison de Nico consumait mon esprit, mon corps, mon cœur. C'était difficile de respirer sans le sentir m'entourer, et c'était la dernière chose dont j'avais besoin ou envie ce soir. Comment j'ai pu arriver jusqu'ici sans Enzo ou l'un de ses gars, je ne sais pas. Je ne me souviens même pas d'avoir conduit jusqu'à chez moi, d'avoir pris l'ascenseur jusqu'à mon étage, d'avoir marché dans le petit couloir, d'avoir glissé la clé dans ma porte et d'être arrivée là où je me trouve actuellement. Je suppose que le chagrin et le fait de travailler en mode pilote automatique vous feront cet effet.

« Oh poupée, je ne pense pas que ce soit le cas. Tu devrais peut-être lui donner une claque sur la tête avec une cuillère en bois s'il ne sort pas sa tête de son cul. » Le verre de vin que j'ai versé ne correspond pas à ce que je ressens. Un verre d'alcool pur aurait probablement été plus intelligent, mais il n'y avait aucune chance que j'y aille ce soir au cas où je déciderais de rentrer chez moi en voiture.

« Tu n'as pas tort. Je pense que Nico fait honte à mon frère en tant que bourreau de travail. Delaney, ce n'est pas comme si le travail me dérangeait. Je le comprends, complètement et totalement. Ne pas me parler, c'est là que je trace la ligne. Même plus un appel téléphonique ou un SMS. Je pourrais aussi bien vivre toute seule dans cette immense maison. » Je n'ai pas encore décidé ce que je vais faire avec Nico. Il semblait disposé à passer du temps avec moi plus tôt, et je l'ai fait taire. Puis, quand son téléphone a sonné, tout ce que j'ai vu était rouge.

« Je pense que tu devrais lui donner une pause ce soir. Reste à l'appartement, prends un bain chaud, emmitoufle-toi dans ton pantalon de survêtement moche. Oui, j'ai dit ces mots. Un jour, je jetterai ces trucs miteux. » Delaney a passé la nuit ici plusieurs fois, a vu ce que je portais le lendemain matin et a visiblement frissonné devant les atrocités. Mais cela n'a pas d'importance, car rester au chaud est tout ce qui m'importe. J'ai froid pendant la journée, mais la nuit, c'est quand je gèle littéralement, un problème que j'ai depuis l'enfance.

« Tu n'oserais pas. » Je fais semblant de dédaigner qu'il suggère de les jeter.

« Je le ferais et je le ferai. Quoi qu'il en soit, comme je le disais, prends la nuit, dors dessus, essaie encore une fois de parler, et si les choses sont les mêmes, eh bien, je suppose que c'est ta réponse. » Delaney me donne de bons conseils. Je pense à tous les préparatifs du mariage en cours, à une robe que j'aime vraiment. Heureusement, les deux mères étaient d'accord avec ce que j'ai choisi. Leurs robes étaient une toute autre histoire. Les fleurs, la nourriture, les décorations, c'étaient les choses que je n'avais aucun problème à refiler aux deux jumelles sournoises de mères que Nico et moi avons.

« Tu as raison. Merci de m'avoir écouté. » L'horloge du décodeur indique qu'il est encore tôt. Je ferais aussi bien de prendre un bain chaud dans la baignoire du jardin et d'essayer de dormir un peu.

« Je suis toujours là. Si tu as besoin de moi au milieu de la nuit, mon téléphone sera juste à côté de moi. Pareil pour demain. » Pauvre Delaney. Ses oreilles saignent probablement à cause de toutes les plaintes que j'ai faites aujourd'hui.

« Tellement, pareil, toujours. Je t'aime, Lane. » J'utilise le surnom que je lui ai donné il y a longtemps.

« Je t'aime, Journey, pour toujours. » Mon meilleur ami est le meilleur, même s'il menace ma précieuse collection de sueurs. Nous raccrochons après cela, et je décide d'aller dans la salle de bain et de me détendre, doutant fortement que je retourne chez Nico. Je me dirige vers la cuisine pour remplir mon vin. Je suis prête à ramper en moi-même, à laisser tout là où il se trouve, et à me concentrer sur le fait de faire taire mon moi trop réfléchi.

Chapitre 23

Nico

Retenir mon souffle, c'est ce que j'ai fait quand Enzo et moi sommes entrés dans l'arrière-salle du restaurant, froide à cause du souffle d'air glacial qui maintenait la pièce à la température idéale. Une tactique pour faire parler les hommes. Plus on y reste, plus il fait froid, et il semble que l'homme qui était clairement russe, qui avait les marques de la Bratva de Petrov sur la poitrine, n'était pas disposé à donner de réponses à Angelo. Au moment où j'en ai fini avec lui, il suppliait qu'on le tue et pourtant il ne nous a toujours pas donné les informations nécessaires pour comprendre le prochain coup de Petrov.

Après avoir passé plus de six heures là-dedans, j'en avais fini. Il y avait autre chose de plus important et de plus pressant que de torturer un crétin. Nous l'avons laissé pendre dans le congélateur. Angelo était prêt à rester la nuit pour le surveiller. Sa femme était sortie de la ville avec ses trois filles. Le fait qu'il n'ait pas besoin d'être à la maison ce soir a joué en ma faveur. Enzo est rentré à la maison à contrecœur parce qu'il voulait au moins me suivre jusqu'à l'appartement de Journey. Je l'ai secoué. Si Petrov avait l'intention de me poursuivre, il l'aurait déjà fait. Au lieu de cela, il joue un jeu psychologique. Intelligent, en fait, étant donné que nous n'avons pas encore mis la main sur lui, et encore moins vu l'homme de nos propres yeux. Cependant, cette dernière partie fait de Petrov un lâche du plus haut calibre.

J'utilise ma clé pour entrer dans l'appartement de Journey et traverse la maison sombre. Pas une seule lumière n'est allumée dans l'endroit. C'est une bonne chose que je la connaisse comme ma poche. À l'époque où nous avons commencé, la merde était simple. Il n'y avait pas un putain de psychopathe déterminé à s'en prendre à notre territoire, à nos femmes et à nos enfants. L'appartement est chaud, plus chaud que ce à quoi j'ai l'habitude de voir car chez moi, elle ne fait qu'augmenter la température d'un ou deux degrés par rapport à ce qu'elle est réglée habituellement.

« Mon Dieu. » J'enlève ma veste de costume, vais au thermostat et le baisse beaucoup. Il est peut-être minuit et Journey dort peut-être, mais cela ne peut plus attendre. Je serai damné si ma femme a l'impression que je l'ai trahie, que je l'ai oubliée et que ce mariage est terminé. Une boule se forme dans ma gorge quand je vois à quel point elle a l'air vulnérable avec ses cheveux mouillés sur l'oreiller, un autre blotti à côté d'elle. Elle les tient comme une bouée de sauvetage, et la sueur qu'elle a abandonnée pour la plupart est de retour sur son corps. Je lui ai fait ça. Je peux voir ses joues tachées de larmes, et en m'approchant, je me rends compte qu'elle tremble. Ici, dans ce qui me semble être un sauna, ma femme est gelée. Cela pourrait avoir quelque chose à voir avec ses cheveux mouillés. Je sais que ce n'est pas le cas pour elle, cependant. Les émotions de Journey transparaissent même quand elle dort, et je suis le bâtard qui les a rendues ainsi.

« Vita mia. » Je m'assois sur le bord du lit, la main tremblante tandis que je tends la main pour toucher sa joue, la réveillant doucement. Pas que cela soit susceptible de la faire se lever. Au lieu de cela, elle se rapproche. Ma main prend sa joue, l'autre éloigne l'oreiller pour lui permettre le confort qu'elle recherche désespérément, souhaitant au moins avoir eu la prévoyance d'enlever mes chaussures avant d'entrer dans sa chambre. Il aurait été beaucoup plus facile de me glisser dans le lit à côté d'elle, en prenant ma femme dans mes bras au lieu de ce qui se passe maintenant.

« Voyage, Tesoro. » Trésor. Incapable d'attendre un moment de plus, je la soulève et la place de côté sur mes genoux, attrapant la couverture sur laquelle elle dormait au lieu de dessous, la laissant absorber la chaleur de mon corps.

« Nico, qu'est-ce que tu fais ici ? » Elle se réveille en sursaut, essayant de s'éloigner de moi. Mon étreinte se resserre. Si j'étais dans un meilleur état d'esprit, j'aurais allumé une lumière avant de m'asseoir.

« Là où est ma femme, c'est là que je serai toujours. » Je bouge et enlève mes chaussures, sentant son corps se raidir à ces mots, sachant que le mois dernier je n'ai été à la maison que quelques heures ici et là, donc mes mots n'ont que peu ou pas de valeur.

« Ouais, c'est vrai. » Ses plumes sont ébouriffées. Elle n'essaie pas de se lever de mes genoux, cependant. Pas même quand je bouge pour nous installer plus loin dans le lit.

« J'ai été un con, je le sais », lui dis-je en allumant la lampe sur sa table de nuit, ayant besoin de la voir plus clairement au lieu de la lumière de la lune qui brillait à travers sa fenêtre quand j'ai vu pour la première fois la preuve de la gravité de ma blessure à ma femme. Je continue : « J'ai laissé mon travail contrôler notre vie. Ce n'est pas juste pour toi. J'aurais dû te parler, te dire ce qui se passait. Au lieu de cela, j'ai pensé que si je pouvais contrôler cette seule chose, alors une fois que ce serait terminé, tout irait bien. Tu serais toujours là et nous pourrions continuer notre vie. »

« Et comment ça s'est passé pour toi ? » Elle ne me lâche pas d'un pouce ; je souris à son commentaire, la regardant, remarquant la fatigue sur son visage, son corps se détendant, sa main se posant sur ma poitrine, là où mon cœur bat pour elle en dessous.

« De toute évidence, ça n'a pas marché, vu que je dois me faufiler dans l'appartement de ma femme pour m'excuser et la ramener à la maison. »

« Tu ne t'es toujours pas excusé, non pas que j'accepterai tant que tu ne me diras pas la vérité, Nico, toute la vérité. Tu m'as demandé de t'épouser sans même me dire que je t'aime, mais pour me protéger et protéger les autres, j'y suis allé stupide et aveugle, mais ça ne marche pas, et je ne permettrai pas que ça continue. Si c'est le cas, notre mariage est aussi bien fini. » Dur comme fer. Je savais que ça arriverait, non pas que j'aime la tournure que ça prend, mais si je devais me regarder dans un miroir, le problème en me regardant en arrière serait toujours le même. Ce serait moi.

« Tu as raison, et je suis vraiment désolé. Les mots seuls n'effaceront pas la douleur ou le fait que je ne mérite pas ton pardon.

Ce que je vais te dire, c'est le raisonnement, et peut-être que cela t'aidera à comprendre mon besoin de te protéger, pourquoi j'ai travaillé jour et nuit pour que tu puisses te promener sans regarder par-dessus ton épaule. Aujourd'hui, voir ce regard de dédain sur ton visage alors que tout ce avec quoi j'ai toujours été accueillie est le bonheur et le contentement, savoir que je t'ai enlevé ça, ça m'a pesé. » Journey me permet de la déplacer à nouveau jusqu'à ce qu'elle soit à califourchon sur mes genoux. Je veux ses yeux au lieu de la position inconfortable dans laquelle elle était assise sur moi de côté. Je l'embrasse sur le front. Ses yeux se ferment, ses cils effleurant ses joues. J'espère que je nous ramène à nous. « Le Russe dont je t'ai parlé, c'est un petit bâtard sournois. Le dernier tirage au sort a eu lieu hier, quand nous avons reçu une autre menace, cette fois sur ta vie. »

« Comment ça, il a menacé ma vie ? » Journey demande, la voix douce, qui ne ressemble pas à celle de la femme forte et indépendante qui a conquis mon cœur il y a longtemps.

« Je ne vais pas entrer dans les détails. Ce n'était pas joli, et je serai damnée si je te permets de perdre encore plus de sommeil rien qu'en y pensant, d'accord ? » Elle souffle un peu d'air. Je ne sais pas si c'est par agacement ou quoi.

« D'accord, mais raconte-moi le reste. » Comment j'ai perdu la certitude qu'elle a été une excellente épouse de patron, je ne sais pas. La preuve est juste devant mes yeux.

« Petrov avait des hommes qui vendaient de la drogue si pure que même les consommateurs les plus chevronnés tomberaient raides morts dans l'un de nos clubs. Nous avons eu le connard, mais le mémo qu'il nous a laissé, menaçant la femme d'un patron, est inouï. Tout le monde sait que les enfants et les femmes sont interdits, mais ce connard russe est un imbécile. Une fois que je l'aurai attrapé, je vais le faire payer », finis-je de lui dire autant que je vais le faire.

« Sur cette dernière partie, nous sommes d'accord. Il devrait payer, surtout pour s'en prendre aux enfants. Fais ce que tu as à faire, mais parle-moi. J'aurais été bien si tu avais travaillé et que tu m'avais fait savoir ce qui se passait. C'est le fait de m'exclure qui m'a fait mal. » Mes mains entouraient ses joues, la tirant plus près jusqu'à ce que nos fronts se rencontrent.

« Pardonne-moi, vita mia ? » demandai-je.

« Je te pardonne, Nico. Mais plus jamais. S'il te plaît, ne te ferme plus. » J'entends la supplication pour ce qu'elle est.

« Je te promets que je ne le ferai pas. » Ma bouche rencontre la sienne. Un coup de langue le long de la couture de ses lèvres la fait haleter, me permettant d'entrer, et je vais montrer à ma femme combien elle compte pour moi, dès maintenant.

Chapitre 24

Voyage

Ce côté de Nico, c'est un côté que je n'avais jamais vu auparavant : des vêtements qui s'enlèvent, des bruits de déchirures dans l'air, des bouches, des langues, des mains et même des pieds pour nous aider à retirer nos vêtements combinés. Je savais que le sexe de réconciliation était censé être le meilleur du meilleur ; j'ai même des amis qui se battent avec leur partenaire juste pour le sexe de réconciliation. Nico et moi, notre vie sexuelle a été incroyable même pendant tout ce processus. Il a toujours pris l'initiative quand il rentrait à la maison et ne m'a jamais refusé. C'est probablement ce qui a rendu la chose supportable jusqu'à ce que ce ne soit plus le cas.

« Enlève-moi », j'exige, tirant sur son boxer, le dernier vêtement sur son corps. Il m'a arraché le mien, la sangle fragile sur le côté de mes hanches ne lui faisant pas le poids.

« Putain, oui, tu me chevauches ce soir, vita mia. » Il bouge jusqu'à ce que son dos soit contre la tête de lit, les mains me touchant, bougeant sans arrêt, prenant un sein en coupe, l'amenant à sa bouche, tandis que son autre s'enroule autour de mon dos, me pressant plus près.

« Nico, chérie. » Je suis à genoux, une main sur la longueur de sa queue, la guidant jusqu'à ce qu'elle soit à mon entrée. La main de Nico se déplace vers le haut jusqu'à ce qu'il me pousse sur mon épaule, ayant besoin de moi autant que j'ai besoin de lui. C'est un autre genre de moment dans le temps. Le sexe est différent ; c'est bouleversant, secouant la terre, un plaisir indéniable lorsque je glisse tout le long jusqu'à ce qu'il soit assis, frappant pratiquement mon col de l'utérus.

"Journey, merde, tu me serres si fort." Je pulse autour de sa longueur en utilisant mes muscles intérieurs, sachant ce que cela lui fait, lui faisant perdre le contrôle. Nos hanches travaillent ensemble, me soulevant tandis que je pousse vers le bas, travaillant en synchronisation l'une avec l'autre alors que nous trouvons tous les deux notre libération mutuelle. Ma bouche dévore la sienne, voulant qu'il m'entoure de toutes les manières possibles. "Arrête ça, ou ce sera fini avant que tu ne jouisses", murmure-t-il contre mes lèvres alors que je me serre autour de lui dans un glissement vers le bas.

"Je veux que tu viennes avec moi, Nico, s'il te plaît. « C'est pour nous », répondis-je avant que ses mains ne plongent dans mes cheveux pour reprendre ma bouche, cette fois plus durement, plus fermement, avec un ton plus exigeant. Un frisson me parcourt, parcourant ma colonne vertébrale. Mes mamelons deviennent plus frottés contre la poitrine de Nico, ce qui renforce la sensation. Mes mains s'agrippent fermement à ses épaules. Je ne serais pas surprise si je lui laissais des marques demain, une autre façon de faire de Nico le mien, même si personne d'autre que nous ne le voit.

Also by Balthazar

Appel De Nuit